地獄を喰う日光路

笹沢左保

春陽堂書店

目次

背を陽に向けた房州路

1

房州——安房《あわ》の国は、房総半島のいちばん南の部分である。房州へ行くには、下総《しもうさ》と上総《かずさ》を通り抜けなければならない。源頼朝の再起以来、武家支配と多くの領主たちの存亡が繰り返されて来たが、房総を南へ下るための主要な街道というものがなかった。

街道は海に沿って、五井、木更津、佐貫、保田、勝山、館山と南へ下る。木更津と保田を除いて、すべて城下町である。大きな宿場町というのは、少なかった。町人たちによって、最も盛っていたのは木更津であった。木更津は、水運の町だったのだ。

その渡世人も、木更津では足の運びを緩《ゆる》めたようだった。思わずあたりを見回さずにはいられないほど、活気に溢《あふ》れているのである。当時の木更津には幕府から、近在城米の運送権、江戸と房総間の渡船営業権、木更津河岸の専用権などを与えられていたのだ。

九ツ、正午をすぎたばかりだったが、すでに居酒屋には暖簾《のれん》がかかっていた。居酒屋や煮売屋がずらりと軒を並べて、どの店にも客がいるのだった。昼間の酒でも、悪酔いしている者はいなかった。仕事が待っているから、ゆっくり飲み食いしている暇はないのだ。

その渡世人は、並んでいる店の前をゆっくりと歩いた。どうやら、この木更津に用があるようであった。渡世人は、二十八、九に見えた。背は高いが、瘦《や》せ細っていた。整った顔立ちだが、目も鼻も頰骨も顎《あご》もすべて尖《と》がっているという感じだった。顔色も悪い。青黒かった。それだけに、眼差しの鋭さが異様であった。憔悴《しょうすい》しきった人間が、潤《うる》んだ目を妙にキラキラと光らせる、そういう目をしていた。その渡世人を見れば、誰でも病人だと思うに違いない。事実、病人なのであった。

すっかり痛んで、隙間だらけになった三度笠をかぶっていた。黒の手甲脚絆《てっこうきゃはん》に、黒鞘《ざや》の長脇差を腰にしている。鞘を固めている鉄環や鉄鐺《てっこじり》が、すっかり錆《さ》びていた。紺の濃淡が縞模様を描く道中合羽を引き回し、右半分を開いて背中へ流していた。

その渡世人が、ふと立ちどまった。『桔梗屋《ききょうや》』とある居酒屋の前だった。渡世人は一瞬考え込んでから、その居酒屋の縄暖簾を搔《か》き分けた。明るい路上から急に店の中へはいると、幾つかの席が設けてある土間が真暗に感じられた。

渡世人は、入口に近い席の酒樽に渡した板に腰をおろした。三度笠を、はずした。妙に静かだった。客を歓迎する女の声も、飛んでは来ない。渡世人は、薄暗さに馴《な》れた目を店の隅に向けた。そこだけに、人がいた。その席へ、残らず人が集まっていると言ったほうがいいかもしれない。

六十すぎの男と、十七、八の娘が並んですわっている。二人とも手甲脚絆に草鞋《わらじ》ばきという道中支度であった。男は百姓と思われるが、なかなかの貫禄で気品もあった。娘は、その孫に違いない。旅の途中に男は酒を、孫娘は昼飯をというつもりで、この桔梗屋に寄ったのだろう。

男の前には、銚子が二、三本並んでいた。孫娘はまだ、鰻飯《うなぎめし》に箸《はし》もつけていなかった。男は、青い顔をしている。孫娘のほうは恐怖のためか、顔を伏せたきりだった。その二人と向かい合って、渡世人がひとり酒樽に渡した板の上にあぐらをかいていた。

その渡世人も道中支度だが、三度笠をかぶっても持ってもいなかった。何十日と手を入れてないらしく、のび放題の髪の毛が逆立って八方に乱れていた。ボロボロの着物の上から、道中合羽の代わりに莫蓙《ござ》を巻きつけていた。

見苦しい恰好《かっこう》をする者の代表として引き合いに出されるほど、莫蓙にくるまった乞食渡世人が多かったのである。その渡世人も、乞食と変わらなかった。ただ一人前に、長脇差だけは持っていた。乞食渡世人は長脇差を杖代わりに立てて、その最上部に両手を重ね更に顎をのせていた。

乞食渡世人は、目の前の男を睨《にら》みつけていた。真黒な髭《ひげ》に被われた顔は、いかにも凶暴そうな悪相だった。唇の色が奇妙に赤く、険《けわ》しい目つきは何をするかわからない男の特徴であった。その乞食渡世人の横で、二人の女が立ちすくんでいた。

この店の女主人と、小女に違いなかった。恐らく女たちに人を呼びに行かせまいとして乞食渡世人は近くに引きつけ威嚇《いかく》しているのだろう。女主人のほうが、新たに店の中へはいって来た渡世人を見て、哀願するような目つきになった。助けを求めているのだ。

渡世人は三度笠をはずしただけで、それ以上の動きは見せなかった。店の隅を、冷たい目で眺めやった。驚いたふうもなく、興味も示さなかった。月代《さかやき》が、大分のびている。それに髷《まげ》の後ろに変わったものを刺し込んでいた。

平打ちの簪《かんざし》である。銀でできていて先端が小さな耳かきになっており、その次が銀貨ほどの円形の板、それから先が二本脚の簪であった。渡世人はその銀の平打ちの簪を、髷の後ろに斜めに刺しているのだった。

「はっきりしろい！」

不意に、乞食渡世人が大声で怒鳴った。老人と孫娘、それに二人の女がすくみ上がった。孫娘が、その瞬間に顔を上げた。色が白く、パッチリとした目が大きかった。鼻筋が通り、小さい花弁のような唇があどけなかった。繊細で、全体的に愁《うれ》い顔である。

「お染さん……」

娘の顔を見て、渡世人は思わず口の中でそう呟《つぶや》いていた。だが、すぐ渡世人は娘から薄暗い天井へと、目を転じた。渡世人の知っているお染という娘が、未だに十七、八でいるはずはないと気づいたのであった。

「房州は大塚村の組頭で、庄左衛門とか言っていたな」

乞食渡世人が、分厚い板でできている食台をドスンと叩いた。銚子が一本倒れて、酒を散らしながら転がった。

「はい」

庄左衛門と呼ばれた老人が、慌《あわ》てて頭を下げた。

「組頭と言えば、村役人のひとりじゃねえか。村役人ともなりゃあ、礼儀というものを弁《わきま》えているはずだぜ」

「は、はい」

「おめえのほうから、このおれに声をかけて来たんだぜ」

「どうも、申し訳ございません」

「そのくせ、どうでえ、おれの面《つら》を見て、別に用はねえとぬかしやがる」

「人間《ひと》違いをしたのでございます。どうぞ、ご勘弁を……」

「勘弁ならねえ。こう見えてもな、小仏《こぼとけ》の新三郎と呼ばれて、ちっとは知られている顔なんだぜ」

「申し訳ございません」

「おめえは、この小仏の新三郎の顔に泥を塗ってくれたんだ。納得が行くように、始末をつけてもらおうじゃあねえか」

「どうしたら、よろしいんでしょう」

「十両ほど、出してもらおうか」

「十両……！」

「そうよ」

「生憎《あいにく》と、そんな大金を持ち合わせてはおりません」

「村へ戻りゃあ、何とかなるだろう」

「それはまあ……」

「だったら房州の大塚村まで、一緒に行ってやらあな」

「そんな……！」

「それとも、このお町とかいう孫娘を片端者《かたわ》にされたいかい」

小仏の新三郎と名乗った乞食渡世人は、手をのばして娘の二の腕を摑《つか》んだ。お町というらしい娘が、悲鳴を上げながら逃げようとしてもがいた。

「おかみさん……」

入口に近い席にいた渡世人が、低い声で店の女主人を呼んだ。

「はい」

女主人はホッとした顔で、のび上がるように渡世人のほうを見た。

「あっしにも、鰻飯を食わしておくんなさい」

渡世人は言った。

「どうも、ありがとうございます」

女主人はさりげなく、乞食渡世人のそばを離れようとした。その腰の前に、乞食渡世人が足を突き出した。

「そこの三下《さんした》、見た通りの取り込み中だ。ほかの店へ行きな」

乞食渡世人が振り返って、大声を張り上げた。しかし、鰻飯を注文した渡世人は、乞食渡世人のことをまったく無視していた。

「そのめえに、茶を一杯飲ましてもれえてんですがね」

渡世人は、土間に目を落していた。

「野郎！」

乞食渡世人が、凄まじい形相になって立ち上がった。大男であった。小仏の新三郎なる大男は、肩を怒らせながら渡世人に近づいて行った。

「三下奴！　おめえ、小仏の新三郎を知らねえらしいな」

大男が、渡世人の左肩を摑んだ。

「知ってるぜ」

渡世人は、相手の顔を見ようともしなかった。表情も、変えていない。

「知っていて、このおれが恐ろしくはねえのかい！」

と男が、喚《わめ》き立てた。

「恐ろしくも、何ともねえ」

渡世人の左手が、肩にある大男の手首を摑んだ。それを食台の上に引きずりおろし、同時に渡世人の右手が髷の後ろへ走った。誰の目にも触れないほどの、素早い動きだった。渡世人の右手には、平打ちの簪が握られていた。渡世人はそれを、食台の上に据えてある大男の左手の甲に突き立てた。

「わっ！」

大男が、絶叫した。一瞬のうちに、行われたことだった。大男の左手の甲に、平打ちの簪の二本脚が深々と突き刺さっていた。渡世人は、簪を引き抜いた。大男は血が噴き出した左手をかかえるようにして、店の外へ飛び出していた。

渡世人は、土間に落ちていた大男の長脇差を拾い上げて、表へ投げ出した。それから渡世人は道中合羽の裾で、血糊を拭き取った簪を髷の後ろへ戻した。何事もなかったような、顔つきであった。ただ左手で、胸の心臓のあたりを、軽く押えるようにしただけであった。

「どうも、ありがとうございました。お蔭で助かりましたよ」

店の女主人が、胸を撫《な》でおろしながら板壁に凭《もた》れかかった。三十前後の女主人の目に、媚《こ》びるような笑いがあった。

「おかみさんに、ちょいと訊《き》きてえことがあるんですがね」

渡世人は、笑いのない顔で言った。

「何でしょうか」

女主人は、指先で衿元を合わせた。

「お染さんという酌女を、ご存じじゃあありやせんか」

「お染さん……？」

「へい。若いと言っても、もう二十三、四になりやすが……。武州は深谷の生まれで、二年めえまで下総の銚子の居酒屋で酌女をしておりやした」

「どんな器量の人なんですか」

「こんな言い方をしちゃあ失礼かもしれやせんが、そこにおいでの娘さんにそっくり生き写しなんでござんすがね」

渡世人は、お町という娘に目をやった。お町という娘は当惑して、恥じらうように顔を伏せた。

「さあねえ……」

女主人は、首をひねった。

「心当たりは、ございせんか」

「そうですねえ。お染という名はよく聞きますけど、こちらの娘さんみたいな器量よしの酌女なんて見たことありませんよ」

「そうですかい」

「わたしのところで働いているとかいう噂でも、小耳にはさんだんですか」

「銚子の居酒屋で、木更津のほうへ流れて行ったらしいという話を聞いただけでござんすよ。それに、そのお染さんというのは桔梗の花が好きなんだそうで。それでここに桔梗屋とありましたんで、もしやと思って寄ってみたんですよ」

「何だか、気の毒なことをしてしまったみたいですねえ」

「とんでもねえ」

「旅人《たびにん》さんは、そのお染さんという人を捜《さが》して、ずっと道中を続けておいでなんですか」

「へい。かれこれ四年になりますか」

「そんなに前からのことなので……！」

「そのために、生きているようなものでござんすよ」

「お染さんって、旅人さんにとってはどういうお人なんです？」

「命の恩人なんでござんす。是非とも捜し出して、借りたものをお返ししなけりゃありやせん」

渡世人はふと目を閉じて、何かに耐えるように唇を嚙みしめた。

「見たところ、どこか工合が悪いみたいですねえ」

女主人が、不安そうに渡世人を見守った。

「十年ほどめえから、こいつが持病になりやしてね」

渡世人は、また心臓のあたりを押えた。青黒い顔が、一段と蒼白になった。

「大丈夫ですか」

女主人が二、三歩、渡世人に近づいた。

「心の臓が、揉《も》まれるように痛むんで……」

渡世人は、食台の上にのめり込んだ。そのまま、渡世人は動かなくなった。庄左衛門とお町、それに女主人と小女が恐る恐る渡世人を取り囲んだ。しばらくして、渡世人は上体を起した。息遣いが乱れているだけで、それ以上の心配はなさそうだった。

「いつものことなんで……」

渡世人は、目を閉じたままだった。

「あるいは木更津で、お染さんという人を見かけるかもしれないし、旅人さんの名を聞かせてもらっておいたほうがいいような気がしますよ」

女主人が言った。渡世人は、目を開いた。

「生まれは武州多摩郡《ごおり》で、小仏の新三郎という無宿者を、憶《おぼ》えておいておくんなさい」

小仏の新三郎と聞いて目を見はる三人の顔を、渡世人は見ようともしなかった。

2

翌朝六ツ半、七時に小仏の新三郎は一万六千石の城下町佐貫の南を歩いていた。木更津までは急いで来たが、いまはゆっくりした足どりだった。お染は、木更津にもいなかった。その後の消息も、まるでわからない。つまり、アテのない旅になったのだった。

急いでも、仕方がなかった。北へ引き返すのも、億劫《おっくう》である。道が果てるまで、真直ぐ行ってみようと、そんな心境であった。街道が海に近づくと、潮の香を風が運んで来る。真青な海が、見えることもあった。漁師が操る小舟が、あちこちで揺れていた。

海が北へ行きどまるところにあるのが江戸で、向こう側は相州、神奈川県であった。天保十四年十一月初旬、房州へ近づくに従って日射しが明るくなるようだった。朝のうちはそれほどでもないが、日中になれば道中合羽を脱ぎたくなるに違いない。晴れ上がった空に、雲一つなかった。

街道を行く旅人の姿は、それほど多くない。南から来るのには、大きな魚籠《びく》を担《かつ》いだ年老いた漁師の女房たちが目立っていた。北から下って行く旅人の中には、行商人や僧などの姿があった。

小仏の新三郎だけが、余計者という感じだった。のんびりした風景の中を、笑っている連中や生き生きした目つきの旅人が往き来していた。小仏の新三郎のほかに、陰鬱な雰囲気を連れて歩いている者など、ひとりもいないのである。

誰もが、今日を生きている。明日のことを考えている。それは、生き甲斐を持っている証拠だった。小仏の新三郎には、それがなかった。生き甲斐もなく、アテのない旅をしている。あらゆることから断絶された孤独な渡世人の暗い翳《かげ》りが、底抜けに明るい街道を歩きながらチラチラとこぼれるのだった。

何のために生きているのかと訊かれたら、お染という女を捜し出すためにと答えるほかはなかった。だから、お染を追っているくせに、目ざす場所にいないとわかったとき、小仏の新三郎は心のどこかでホッと安堵《あんど》するのである。

捜し出そうと努めながら、心の隅で見つからないでくれと念じている。昨日も木更津の居酒屋で、小仏の新三郎の気持には、そんな矛盾《むじゅん》が存在していたのである。お染を捜し出したそのあと、自分がどうなるのか新三郎には見当もつかないのだ。

お染を見つけることだけが、生きる張り合いになっている。お染を見つけたら、そこで新三郎は生きる張り合いを失うのだった。生きているからには、生き甲斐というものが欲しい。それで、お染を捜しながらずっと先まで見つからなければいいと、思ったりもするわけだった。

お染と会ったことは、まだ一度だけしかない。最初で最後という会い方だった。四年と少し前のことである。新三郎は、野州矢板の近くの路上で、心の臓を締めつけられるような苦痛に襲われて倒れた。初めての経験ではなかった。

二十になるちょっと前に、第一回の苦痛を味わった。現代流に言えば、心臓発作であった。その後も不意に、心の臓を揉んで締めつけるような症状が繰り返された。息を吸い込めなくなって、胸が破裂しそうに苦しくなるのだった。

それはいつの間にか、新三郎の持病になっていた。年をとるに従って、発作が起きる間隔が縮まって来た。いまでは一日に一度ぐらい心の臓を強く締めつけられるようになった。医者にかかったこともある。医者は、長生きできない、と言っただけだった。

野州矢板の近くで発作を起したときは、かなり重症であった。苦痛が去ったあとも、しばらくは動けなかった。新三郎は、虚脱状態で地面に倒れたままでいた。そこを通りかかったのが、お染だったのである。まだ十七、八に見えたが、水商売の女らしく言動が大人びていた。

「青い顔をして……。何日も、飲まず食わずで過したんだね」

お染は、新三郎の顔を覗《のぞ》き込んで、そう言った。新三郎の外見や風態から、お染は飢《う》えたための行き倒れと察したのだった。しばらく考え込んでいたお染は、やがて小さな財布を取り出した。

「酔狂なお客に、もらったんだよ」

お染は、財布の中から小判を二枚、取り出した。

「これも、わたしのお尻ばかり撫でたがる客が、無理にくれたものさ」

お染は頭へ手をやり、平打ちの銀の簪を抜き取った。その簪と二枚の小判を、お染は新三郎の胸の上に置いた。一文なしだっただけに、新三郎にはお染の親切が身にしみた。

「すまねえ」

新三郎は、かすれた声で言った。

「いいんだよ。ひもじいっていうのは、辛いことだもの。わたしも身に覚えがあるから、よくわかるんだよ」

お染は、笑って見せた。

「おめえさんの、名が知りてえ」

新三郎は、お染を見上げた。

「お染っていうんだよ。生まれは武州の深谷だけど、いまじゃあ矢板宿の小料理屋の酌女さ」

「お染さんかい」

「じゃあね、食べたいものを食べて、ゆっくり養生するんだよ」

そう言って、お染は小走りに去って行った。お染とは、それだけの仲だった。半年ほどして、新三郎はお染に二両の金と簪を返すことを思い立った。お染に恵んでもらった二両は使い果したが、平打ちの銀の簪は手放さなかったのである。

博奕《ばくち》で得た二両と簪を持って、新三郎は野州の矢板へ行った。お染が働いていたという小料理屋は、すぐに見つかった。しかし、肝心のお染は、もうそこにはいなかった。お染に惚《ほ》れ込んでいた客に、強引に連れ出されたということだった。

その日から、お染を捜し求めての新三郎の流れ旅が始まったのである。二年後に、信州の沓掛《くつかけ》にいたという噂を、新三郎は初めて耳にした。だが、信州の沓掛にも、お染はいなかった。一年も前に、沓掛宿から姿を消していたのだった。

そのあと東海道の三島、相州小田原、上州の玉村、野州宇都宮とお染の噂を追って歩いたが、いずれも徒労に終わった。下総の銚子でも、一足遅れだった。その間にお染についてわかったことと言えば、桔梗の花が好きだという話だけだった。

銚子で木更津にいるらしいと聞き、やっては来たものの見当さえつかなかった。何日か木更津に逗留《とうりゅう》して、丹念に捜したらという気はなかった。木更津にお染はいないと、直感でわかったのである。あるいは心のどこかに、お染を見つけ出したくはないという気持があって、無理に諦めたのかもしれない。

これでいいのだと、小仏の新三郎は思った。医者にも、長生きはできないと言われている。こうしているうち、心の臓が破れて死ぬだろう。死んでしまえば、生き甲斐も何もない。それまでは、お染を捜し出すという生きる張り合いを失いたくなかった。

佐貫から一里で天神山、更に二里で金谷だった。金谷をすぎて海沿いの道を行くと、間もなく安房の国、房州へはいる。左手に山が見え、右手の海が一段と広くなる。遠くに、富士山を眺められた。

下総や上総と同じように、房州もまた譜代の大名の城しかなかった。勝山一万二千石が酒井家、館山一万石が稲葉家であった。もっとも、それらはいずれも小藩であって、極く一部を所領しているのにすぎなかった。大半は幕府直轄《ちょっかつ》の天領、旗本の知行所、与力給地などによって寸断されているのだった。

そうした天領や旗本領には警察力がなく、武家の支配はないのも同然であった。従って治安が乱れていようと、領主を頼ることは殆どできなかった。お上に訴えるなどと悠長なことはしていられないから、農民たちは自衛するほかはない。

そのために、名主、組頭、百姓代の村役人たちが指導者として領主と変わらない立場に置かれているのだった。この房州というところは温暖の地であり、海の幸に恵まれている。比較的、豊かであった。そのせいか、房州での百姓一揆というのはゼロに近い。温暖の地で比較的豊かで、その上、無警察状態である。悪党にとって、これほど住み心地のよいところはほかになかった。まさに、天国であった。ということで、ほかの土地を食い詰めた無頼の徒や、逃げ場を失った悪党が房州へ流れて来る例が多かった。治安の乱れは、そんなことから生ずるのだった。

確かに、温かかった。小春日和《こはるびより》などというものではなかった。じっと、汗ばんで来そうな陽気だった。小仏の新三郎が房州に足を踏み入れたのは四ツ半、午前十一時に近かった。日射しが、強くなっていた。風も温かい。新三郎は道中合羽を脱いで、左の肩に担いで歩いた。

保田をすぎた。間もなく、勝山のご城下であった。保田をすぎたところで、新三郎は庄左衛門と孫娘のお町を追い抜いた。庄左衛門とお町は今朝、新三郎よりもかなり早い時間に佐貫を出立したのであった。

しかし、ゆっくり歩いているはずの新三郎の足にも、老人と娘は勝てなかったようである。庄左衛門とお町は、新三郎に気づいて会釈を送って来た。お町が、はにかむように笑った。

それを見て、お染と実によく似ていると、新三郎は改めて思った。木更津の桔梗屋で、小仏の新三郎を名乗る乞食渡世人を追い払う気になったのも、お町がお染にそっくりなのを見たからであった。

別に、お染に特別な感情を、寄せているわけではない。だから、そのお染に似ているからと言って、お町の難儀を救ってやる義理はないのだ。しかし、お染の危機を目《ま》のあたり見たような気がして、あのときの新三郎は知らん顔をしていられなかったのである。

勝山のご城下の手前で、道が二つに分かれていた。というより、勝山へ向かう街道から分かれた細い道が、東のほうへのびているのだった。どっちへ行くべきか、新三郎は迷った。

「どちらへ、おいでですか」

と、男の声が、正面から飛んで来た。道が二本になる分岐点で、松の古木が枝を広げている。その根元に若い男がすわり込んで、鉈豆煙管《なたまめきせる》で一服やっていた。二十四、五の美男であった。

道中姿だった。四つ折りにした手拭いを、頭にのせていた。小さな四角い荷物を、脇に置いていた。行商人のようにも見えるが、顔にそれらしい愛想がない。表情に、険しさがあった。

「勝山の先は、いってえどこへ行きつくんでしょうね」

新三郎は、暗い目を男に向けた。

「勝山の先は、府中、館山、洲崎までで行きどまりですよ」

男は、煙草入れを腰に差し込んだ。

「戻って来ることに、なりやすかね」

新三郎は、眩《まぶ》しそうに空を振り仰いだ。

「砂浜伝いに行かれないことはないでしょうが、大変な遠回りになりますね」

男は立ち上がって、四角い風呂敷包みを背負った。

「こっちへ行くと、どこへ出るんですかい」

新三郎は、左へそれている道を指さした。

「天津か小湊《こみなと》へ、出ますよ。山道には、なりますがね」

「小湊から、北へ向かうんでござんすね」

「勝浦、大多喜、東金、横芝と行けば、下総の佐倉へ出ますよ。わたしもこれから、この道を行くところなんですがね。よかったら、途中までご案内しますよ」

「よろしく、お頼み申しやす」

「参りましょう」

若い男は先に立って、東へのびている道を歩き出した。一メートルほどの間隔を置いて、新三郎はそのあとに従った。道はすぐ、上りになった。これからは、幾つかの山越えをすることになるのだろう。

道はせまく、両側から樹海が迫って来ている。道に散っているのは枯葉だが、秋の山という感じがしなかった。紅葉も見られない。山越えと言っても、冷たい風に触れるほど高い山はないのであった。

新三郎は、海よりも山のほうが性に合っていた。放浪の旅をするようになるまで、海というものを知らなかったせいもある。それに新三郎の生まれは、甲州街道の小仏峠に近いところだった。小仏峠を眺めながら、育ったようなものなのだ。

この一帯は外房州と内房州を隔てている山地であって、愛宕山、峯岡山、伊予ヶ岳、富山、経塚山、大塚山といった二百メートルから四百メートル級の山々によって占められているのだった。

二里ほど行くと、渓流にぶつかった。伊予ヶ岳の東側だった。道は渓流に沿って、右手へ続いている。だが、その道からそれて、もう一本が真直ぐのびていた。あまり広くない渓流に、丸木橋が渡してあった。もう一本の道は、その向こう岸に消えていた。

そこで、新三郎と男は一休みした。新三郎は汗を拭き、衿元を押し開いて風を入れた。若い男は、また鉈豆煙管を取り出した。男は余程、煙草が好きらしい。静かであった。渓流の音だけが、聞えている。その音から察して、水はかなり低いところを流れているようだった。

「小湊へ出るには、その丸木橋を渡った道を行きなさるといい。わたしは、こっちへ参りますがね」

若い男は腰を上げながら、鉈豆煙管で渓流に沿った道を示した。

「そうですかい。どうも、お手数《てかず》をおかけしやした」

新三郎は、腰を屈《かが》めた。

「どう致しまして。どうぞ、気をつけてお行きなさいよ」

若い男は初めて笑顔を見せると、渓流に沿った道を足早に去って行った。それを見送ってから、新三郎は渓流に近づいた。両岸から十メートルほど崖が落ち込み、その底の岩の間を澄んだ水が流れていた。新三郎は、丸木橋に足をかけた。

「お待ちなさい！」

背後で、そう叫ぶような声がした。

3

新三郎は、振り返った。小走りに道をやって来る庄左衛門とお町の姿が、新三郎の目に映じた。庄左衛門は深刻な面持ちで、しきりと手を振っていた。丸木橋を渡ってはならないと、言っているようである。

「どうして、そんな道を行きなさるんですかね」

近づいて来た庄左衛門が、苦しそうに喘《あえ》ぎながら言った。その後ろで、お町も肩を忙しく上下させていた。

「小湊へ向かうなら、この道を行けと言われたんでござんすよ」

新三郎は、表情の動かない顔で庄左衛門を見据えた。

「どこのどいつが、そんな出鱈目《でたらめ》を申したんです？」

まるで自分が騙《だま》されたみたいに、庄左衛門はムッとした顔つきになった。

「勝山から道連れになった若い行商人に、そう教えられたんですがね」

「世間には、とんでもない悪戯《わるさ》をする者がいるもんだ。もう少しで、お前さまを死なせるところでしたよ」

「ほう……」

新三郎は、丸木橋へ視線を転じた。

「ごらんなさい。留めの杭が、打ち込んでないでしょう」

庄左衛門が、丸木橋の端を指さした。なるほど、言われてみるとそうであった。普通は丸木橋を固定させるために、端の両側に杭が打ち込んである。ところが、その杭がなくて丸木がただ地面に置いてあるだけなのだ。

「お町……」

庄左衛門が、顎をしゃくって見せた。頷《うなず》いたお町が、上気した顔で丸木橋に近づいた。お町は、両足を丸木橋にのせた。とたんに、丸木橋がゴロンと転がった。お町は急いで地面へ跳びのいた。

予備知識がなければ、丸木橋を半分ぐらい渡りかけていたはずである。そこで丸木橋が転がったら、足をすくわれた形で間違いなく渓流へ落ち込む。高さが十メートルあって、岩だらけの渓流なのだ。死ぬか、運がよくて大怪我をするかであった。

「この丸木橋は余程、馴れた者でなければ渡れないんですよ」

ようやく落着けたのか、庄左衛門はホッと吐息を洩らした。

「すると、この道は滅多に人が通らねえんですね」

新三郎は、別れ際に笑った若い行商人の顔を思い浮かべた。

「山へはいるだけの道ですからね。猟師が使うほかは、この丸木橋を渡る者はおりませんよ」

庄左衛門は、ゆっくりと首を左右に振った。

「小湊へ出るには、どの道を行けばよろしいんで……？」

新三郎は、改めてそう訊いた。

「この道ですよ」

庄左衛門が、渓流に沿った道を振り返った。例の若い行商人が、足早に去って行った道である。行商人は意識的に、新三郎を殺そうとしたということになる。

「つまらねえ嘘を教えやがる」

　新三郎は、低く呟いた。

「お前さんがこの辺の土地に不案内だと知って、あくどい悪戯《わるさ》を思いついたのでございましょう」

　庄左衛門は、お町を促《うなが》して歩き出した。

「見も知らねえ者を殺して、面白いものなんですかねえ」

　新三郎は、庄左衛門と肩を並べた。

「長い道中を重ねている行商人などの中には、無責任な気持から退屈しのぎにそういう悪戯《わるさ》をする者もおりますようですね」

「退屈しのぎですかい」

「そうでなければ、お前さまには敵が多すぎるということになりますよ」

「あっしの命を狙うとしたら、お天道《てんとう》さまに背を向けた連中と相場が決まっておりやす。そんな連中が、この房州にいるとはとても思えやせんね」

「とんでもございません。この房州も近頃は、すっかり物騒になりました。もともと漁師が多くて気の荒い土地柄ですが、昨今は外国船に備えるとかでお上の手であれこれと工事が始められ人足など他所者《よそもの》がはいり込んで来ますし、お上の取り締まりが行き届かないことから悪い連中が腰を据えたりして、土地の者は迷惑しておりますよ」

「そんなもんですかね」

「実は、わたしどもの村にも恐ろしい男たちが居すわっておりまして、ほとほと手を焼いているんでございます」

「確か、大塚村とか……」

「はい。大塚村と申しましてもその一部でございまして、岡大塚というところなんですがね」

庄左衛門は、いやなことを思い出したというように、沈みきった顔になった。かなり深刻な、事情があるらしい。庄左衛門の話には、誇張も何もなかった。房州へはいり込んで来た他所者が、そのまま居すわるというのも事実であった。

幕府は天保十三年頃から、東京湾周辺の海防を厳しく始めた。三年後の弘化二年には、浦賀に新砲台を築いている。同じ年にアメリカ船が房州の館山に来たことから、房総海岸の警備は一層厳重になった。弘化四年に幕府は改めて、房州海岸の守りを固くせよと命じている。

　そうしたことで、房州は人の出入りが激しくなった。人とともに、金が動く。そうなると食いつめ浪人やら、無宿者たちまでが集まって来る。そういう連中が、あらゆる意味で居心地のいい房州に、居すわってしまうわけだった。

　庄左衛門の話によると、大塚村にもその類の男が五人ほど居すわっているというのである。浪人者を首領格に、あとの四人は渡世人と人足くずれらしい。いずれも凶暴な男たちで、みずから村の用心棒と称し代償として酒と食物を供出させているという。

　岡大塚の遠国寺という山寺を、住まいにしている。五人のほかに、女がひとり一緒であった。連中が遠国寺に住みついて、もう三カ月になる。最初のうちはおとなしかったが、間もなく本性を剝《む》き出しにし始めた。最近では村人たちに乱暴を働くし、女を出せとか、五十両よこせば立ち退くとか無理難題を吹っかけるようになった。

「何を申しても愚痴になりますが、まったくえらい災難に見込まれたものでございます。村役人のひとりとして、死ぬにも死にきれませんよ」

　庄左衛門は、沈痛な面持ちで言った。お町までが、歩きながら項垂《うなだ》れていた。

「お上に訴え出ても、どうにもならねえことなんですかい」

　新三郎は、正面に見える海へ視線を投げかけた。

「はい。訴え出たところで、お手配が何年先になりますことやら。それに、あとの祟《たた》りが恐ろしゅうございますからねえ。飯岡の助五郎親分が、おれたちの後ろ楯だなんて申しておりますし……」

「男衆を残らず集めて、追い出しにかかったらどんなもんなんでござんす」

「百姓に、そんな勇み肌の男はおりません。それに大塚村全部の力を、集めるということができないのでございます」

庄左衛門は情けなさそうに、目をしばたたかせた。

房州の海岸付近には、『岡金谷』に対して『浜金谷』、『岡波太《なぶと》』に対して『浜波太』、『岡岩船』に対して『浜岩船』というように同じ地名を、『岡』と『浜』で分けている場合が多い。

これは房総の人々が、本格的な漁というものに無関心だったことが起因しているのであった。房総の人々は、農業を主として生活していたのである。ところが江戸時代にはいると、紀州の人間を主とした関西地方の漁師たちが房総周辺の海で、本格的な漁獲を始めたのだった。

それに刺激されて、房総の人々もようやく海に対して積極的な姿勢を示すようになった。農業に従事していた人の一部が次第に近くの海辺へ進出して、そこにも村ができ上がるというわけだった。

しかし、依然として百姓を続ける者もいたし、海辺へ進出した人々も先祖から受け継いで来た土地を捨てたつもりはない。それで、村としては一つという形をとることになるのであった。その結果、同じ村名でも百姓のほうには『岡』、漁師のほうには『浜』を付けるようになったのである。

大塚村の場合もそうであった。大塚村は、大塚山の南の小さな平野部から、海辺まで続いている。だが、途中で丘陵地帯に遮《さえぎ》られていた。その丘陵地帯を境に山寄りが『岡大塚』であり、海寄りが『浜大塚』と呼んでいるのだった。

七対三の比率で、『浜大塚』のほうが村人も多く盛っていた。名主ともうひとりの組頭は、『浜大塚』のほうに住んでいた。『岡大塚』は、孤立した感じであった。実際的には、二つの村に分かれているのと変わりなかった。『浜大塚』は『岡大塚』に対して、冷淡であった。

『岡大塚』に居すわっている無法者についても、『浜大塚』の人々は関心を持たなかった。さわらぬ神に祟りなしで、知らん顔を決め込んでいるのかもしれない。名主さえも、積極的な対策を講じようとはしないのだ。すべては『岡大塚』の事実上の責任者である庄左衛門に、任《まか》されているのだった。

「いずれにしましても、おめえさんはあっしにとって命の恩人。改めて、お礼を言わせて頂きやす」

新三郎は道標の前で立ちどまると、庄左衛門に向かって頭を下げた。棒杭の道標には、『左、小湊。右、大塚村』と消えかかった墨の字が残っていた。ここで庄左衛門やお町と、別れることになるのだった。

「滅相もない。木更津の居酒屋では、わたしどもが助けて頂きました。お互いさまで、ございますよ」

庄左衛門が、無理に笑顔を作った。

「あの……」

お町が初めて、口を開いた。

「どうかしたのかい」

庄左衛門が怪訝《けげん》そうに、孫娘のほうを窺《うかが》った。

「おじいちゃん、新三郎さんにお願いしてみたら……?」

お町は、新三郎と庄左衛門を交互に見やった。新三郎は一瞬、胸の奥にチクリと鋭い痛みを覚えた。新三郎さんと、お町が気安く口にしたからである。気持の上で、眩《まぶ》しかったのだ。お染からそう呼ばれたように、錯覚しそうであった。

「お願いしたいのは山々だが、こちらさまはお身体の加減もよくないようだし……」

庄左衛門は、疲れたというように両肩を落した。

「でも、新三郎さんは強いんだし……」

幼児が何かをねだるみたいに、お町は身体を左右に揺すった。

「その居すわっている連中を追い出すのに、あっしの力を貸せとおっしゃるんですかい」

新三郎は、冷ややかな視線をお町に向けた。

「どうか、お願いします」

お町が縋《すが》るような目で、新三郎を見上げた。乙女のひたむきな心、というものが感じられた。断わるわけにはいかない、と新三郎は思った。まず、お染に生き写しのお町から頼まれたことで、新三郎の気持は動かされたのであった。

それに、庄左衛門には一命を助けられたばかりである。たったいま、命の恩人だと礼をのべたのであった。それでいて頼みを断わったりすれば、口先だけで礼をのべたと言われても仕方がなかった。やはり、借りは返すべきであった。

しかし、新三郎の胸のうちには、ほんの少しだが迷いが残っていた。五人の無法者を片付けられるという自信がないことから、生じた迷いであった。心の臓を締めつけられるようになる持病があるのだ。連中と向かい合っているときにでも発作が起きたら、その場で斬り殺されるだろう。

それに、相手というのを、まだ見ていなかった。どの程度の連中か、まったくわかっていないのだ。五人の中には、新三郎よりはるかに腕の立つ者がいるかもしれない。そうしたことも確かめずに、安請合《やすうけあ》いはできないのである。

「実は……」

お町が、目を伏せた。

「こんなことを口にして、新三郎さんに気を持たせるだけに終わったら悪いと思って、黙っていたんですけど……」

「これ、やめなさい」

庄左衛門が慌《あわ》てて、お町の口を封じようとした。

「でも、おじいちゃん。本当のことを、言ったほうがいいよ」

お町が逆に、庄左衛門の肩を激しく揺すった。

「それだけは、口にしてはいけない」

庄左衛門が、お町を突き飛ばすようにした。

「新三郎さん、その五人組と一緒にいる女の人は、お染っていう名なんですよ！」

離れたところから、お町が叫ぶようにそう言った。それを聞いた一瞬、新三郎の迷いは消えた。

「参《めえ》りやしょう」

新三郎は先に立って、大塚村への道を下り始めた。

4

夕日が、沈みかけていた。日暮れともなると、さすがに空気が冷たく感じられる。息を吸い込むと、落葉を焼くような匂いがした。秋の匂いである。まだ光を放ってはいないが、山の端《は》に月がかかっていた。

岡大塚は、三方を山と丘陵に囲まれていた。小さな盆地であった。夕闇の中に、二十数戸の人家が点存していた。藁葺《わらぶ》き屋根が、しっとりした落着きを感じさせた。どの家からも、紫色の煙が立ちのぼっていた。

田畑が広がって、山裾の森や林まで続いている。白い道が、幾つかの十字路を作っていた。はずれには地蔵堂があり、その近くを流れる小川に沿って水車小屋があった。目で見た限りでは、平和なたたずまいだった。小ぢんまりとした里という感じで、旅人の郷愁をそそるような俯瞰図《ふかんず》である。

一本の道が、椀を伏せたような岡に通じていた。道から岡の斜面の中ほどにかけて、石段が刻まれている。樹林に被われていて見えないが、そこに遠国寺があるという。山道を下りながら、庄左衛門が新三郎にそう説明した。

三人が地蔵堂の前を通った頃から、白い路上に人影がチラホラし始めた。組頭の庄左衛門が帰って来たことを知り、村人たちが家から迎えに飛び出したのである。庄左衛門の人望は、大したものだった。村人たちは庄左衛門を、信頼しきっているのに違いない。

「お帰りなせえまし」

「ご苦労さまでございました」

男も女も口々にそう言って、丁寧《ていねい》に頭を下げた。どの顔も、笑っていた。庄左衛門を見て、心から安心したという感じであった。庄左衛門を中心とした村人たちの結束の固いことが、ありありとわかった。

庄左衛門は、挨拶《あいさつ》を返しながら歩いた。庄左衛門とお町を笑顔で迎えたあと、村人たちの表情は一様に緊張した。三人目の新三郎を、見たからであった。新三郎の顔はすでに、三度笠の陰の暗さで見えないはずだった。村人たちは、渡世人というだけで不安そうな目つきをするのであった。

庄左衛門の家は、村の中央部にあった。ほかの農家と比較すると、大きさも造りも格段の差があった。周囲を白壁の土塀で囲い、門がついていた。藁葺き屋根の建物が、三棟もあった。土蔵と納屋が、並んでいた。

使用人のほかには庄左衛門の伜であり、お町の父親である孫兵衛とその女房のおかねがいるだけだった。新三郎は孫兵衛に引き合わされたあと、離れへ案内された。二間あって、三方に濡れ縁がついていた。

「一日ぐらいは、どうぞごゆっくりなすって下さい。お世話は、このお町にやらせますですから……」

庄左衛門が、離れまで送って来てそう言った。

「何なりと、言いつけて下さい」

お町が恥ずかしそうに、肩をすくめて俯《うつむ》いた。

「ありがとうござんす」

新三郎は、三度笠をはずしにかかった。まるでここへ遊びに寄ったみたいな扱いだと、去って行く庄左衛門とお町を見送りながら新三郎は思った。そうした扱いをされると、どうしても気が緩む。

気持を、引き締めなければならなかった。いつ、遠国寺の五人組と、接触を持つかわからない。それが、新三郎の死ぬときかもしれないのだ。新三郎は、正面に見える岡を眺めやった。岡の輪郭だけが闇の中に浮かんでいた。

明りは、見えなかった。樹木に遮《さえぎ》られているのだろう。とにかく、あそこにお染という女がいるのである。新三郎が捜し求めているお染かどうかは、まったくわからない。しかし、そんなことはどうでもよかった。

十七、八で酌女になり、あちこちと流転を重ねているお染である。宿場女郎になろうと、無法者の情婦になろうと不思議ではなかった。当のお染であってくれさえすれば、それでいいのだ。お染に会う。二両の金と、平打ちの簪を渡す。ただ、それだけだった。

離れで、道中支度を解いた。ついでに、二枚の小判を紙に包んだ。遠国寺にいる女がお染だとわかったとき、小判二両をすぐ渡せるように用意したのであった。部屋の角行燈《あんどん》に、火が入れてあった。贅沢《ぜいたく》品として農家では使われてない行燈も、名主や組頭の家となるとまた別であった。

やがて、お町が来て、新三郎は風呂へ案内された。風呂から上がると、離れにはすでに食事の仕度ができていた。お町の給仕で、食事をすませた。そのあと、お町が奥の部屋に夜具をとり、一方だけを残して雨戸を締め切った。

新三郎は、濡れ縁に腰を据えた。長脇差を膝の上に置いた。月光が、視界を青白く染めていた。静まり返った夜である。いつの間にか、お町が少し離れて濡れ縁にすわっていた。お町も、月を見上げていた。あどけない横顔だった。

「遠国寺にいるお染という女、年は幾つぐれえなんですかい」

月を仰いだままで、新三郎は訊いた。

「さあ……」

お町は、両脚をブラブラさせた。ふくらはぎが、白かった。

「お町さんは、その女を見たことがねえんですね」

「村へは姿を見せないし、遠目にしか見られないんです」

「三十すぎってなことは、ねえんでござんしょうね」

「遠目に見ても、そのくらいのことはわかります。もっと、若い人ですよ」

「お染という名だと、どうしてわかったんでござんす」

「高瀬浦之助という浪人者がそう呼んだのを、耳にした者がいるんです」

「高瀬浦之助という名も、わかっているんですね」

「はい。ほかに徳兵衛、文太、金吉、五郎蔵といるんです」

そう言って、お町は振り返った。足音が、近づいて来たからである。月の光の中を、庄左衛門が歩いて来た。庄左衛門はお町に、母屋へ戻るようにと身振りで伝えた。お町は、それを待っていたように走り去った。

「いま、村の重だった者を呼び集めて、新三郎さんにおいで願ったことを、話して聞かせたところでございます。村の衆は、地獄に仏だと大変に喜んでおりました」

庄左衛門が、揉み手をしながら言った。

「先のことはまだわからねえのに、いまから喜ばれちゃあ息がつまりやすよ」

新三郎は、月から目を放さなかった。新三郎は庄左衛門の話を聞きながら、まるで別のことを考えていたのである。

「ところが、わたしの留守中に一つだけ、面倒が起きたそうで。若い娘を二人ほど差し出せと、言って来たのだそうでございます」

「お染という女だけじゃあ、間に合わねえというわけですかい」

「その女は、高瀬浦之助という浪人者が、ひとり占めにしているのでございましょう。そこで、ほかの四人が女の身体に飢えきって、そんなことを期限つきで言って来たのだと思います」

「期限を切って来たんでござんすかい」

「はい。明日の暮れ六ツまでに、娘を揃《そろ》えておけということだそうでございます」

「すると、明日の暮れ六ツには、受け取りに来るわけでござんすね」

「はい」

「娘を揃えておかなかったら……?」

「村中を、火の海にしてやると、脅したらしゅうございます」

「そいつは、あっしが何とか致しやす。案ずることはござんせんよ」

新三郎は、立ち上がった。

「何分にも、よろしくお願い致します。新三郎さんのほかに、頼れる者はおりませんので……」

庄左衛門が、繰り返し頭を下げた。その庄左衛門が立ち去ったあと、新三郎はすぐ考えていたことを行動に移した。新三郎は長脇差を腰に落すと、離れの裏へ回って土塀を乗り越えた。

すでに五ツ、午後八時をすぎている。殆どの家が、明かりを消していた。月光を浴びて、無人の村落の中を白い道だけが走っている、という感じだった。新三郎は足早に道を歩いた。

できるだけ、物陰や月光が遮られている部分を選んで、進まなければならなかった。もし岡の上に見張りがいたりすれば、容易に発見されてしまうからだった。やがて、岡にぶつかった。道は、くずれかけた石段に通じていた。

石段をのぼりつめると、扉が壊れている山門があった。小さな寺で、境内《けいだい》もせまかった。雑草が生い茂る中に、使われていない鐘撞堂《かねつきどう》と庫裡《くり》、それに本堂などが廃屋のような姿を見せていた。

新三郎は、本堂に近づいてみた。蠟燭《ろうそく》の火が、チラチラ洩れている。野太い声で、男が笑っていた。まったく異質の二種類の鼾《いびき》が、重なり合って聞えて来た。眠り込んでしまった者もいるし、まだ起きていて酒を喰らっている連中もいるのだ。

「明日の晩には、餅肌の若い娘をたっぷりと抱けるぜ」

「餅肌の女が来るかどうか、わからねえじゃあねえか」

「久しぶりに女を抱くんだ。皺《しわ》だらけの肌でも、餅肌に思えるんだよ」

「まったく、久しぶりだな」

「ただの女旱《おんなひでり》なら、まだ我慢のしようもあろうっていうものさ。ところが、庫裡のほうでは毎晩お楽しみと来てらあ。そうなると、こっちも気が狂いそうなほど、女が欲しくなるってのが道理だろうよ」

「明日の晩か。考えただけでも、おかしくなりそうだぜ」

二人の男が、淫猥《いんわい》な笑い方をした。起きているのが二人、寝ているのが二人、本堂にいるのは四人だった。それに、庫裡のほうでは毎晩お楽しみだと、男のひとりが言っていた。首領格の浪人高瀬浦之助とお染という女は、庫裡にいるのに違いなかった。

新三郎は本堂の床下を抜けて、庫裡の裏へ回った。無双窓がずれて、ほんの少し隙間ができていた。新三郎は、その隙間に目を押し当てた。何も置いてない土間があり、その向こうに部屋があった。

赤茶けた畳がブヨブヨと盛り上がり、壁は九分通り落ちていた。その部屋の中央に、綿か蒲団かわからないようなボロが広げてあった。破れ障子の向こうに、蠟燭の火があるらしい。あたりが、赤く染まっていた。

ボロの上に、女が横になっていた。その手前に、こっちに背を向けている男の姿があった。浪人者だった。浪人者は、女に寄り添っていた。浪人者と女の顔は、破れ障子の陰に隠れていて、よく見えなかった。

女の着物の裾が大きく割れて、太腿《ふともも》まで剝《む》き出しになっていた。女の白い太腿、膝、ふくらはぎ、足の甲などが蠟燭の火に赤く映えて、妖《あや》しい色気を見せていた。女はゆっくりと、脚をのばしたり、膝を立てたりしていた。それが浪人者の愛撫に対して示す反応であることは、すぐにわかった。

「このところ、満更でもない風情を見せるようになったな」

浪人者がそう言って、低く含み笑いをした。

「仕方ないさ。生娘《きむすめ》じゃああるまいし、五十日も毎晩のように抱かれていりゃあ、身体のほうに情が湧くんだよ」

女の息遣いが、忙しくなっていた。女の声に、特徴はなかった。お染も、当たり前な声の持ち主だった。それも四年以上前に、二言か三言、耳にしただけである。声を聞いただけで、お目当てのお染かどうか判断することは困難であった。

「このときだけは、睦《むつ》まじい仲になるわけだな」

浪人者の腕に、ある種の動きが見られた。

「そうさ。昼間のお前さんなんか、顔も見たくないよ」

女の言葉の最後が、激しい喘《あえ》ぎに変わった。

「口と身体とは、こうも違うものか」

浪人者が、上体を起した。

「お前さん。意地悪なことは、やめておくれな」

女が震える声で、哀願するように言った。女の脚の屈伸が早くなり、不規則なリズムに変わった。

「情が、湧いたか」

「湧いたよ、お前さん」

女の声に、甘い呻《つめ》きが加わった。女は立てた両膝を、揃えたまま横に倒した。浪人者の肩に、女の手がかかった。浪人者はゆっくりと、女に被いかぶさって行った。新三郎は、無双窓の前を離れた。

あれが、あのお染だろうか。違うとは、言い切れないのだ。お染もいまは二十一、二歳である。お染の肉体には、大勢の男の記憶があるはずだった。いまの女のように、爛熟しきったお染であって当然なのだ。

そう思いながらも、なぜか新三郎はいまの女が捜し求めているお染ではないことを、願っていたのであった。月光を浴びながら新三郎は自分の影と二人で、山門の石段を一気に駆けおりた。

5

長脇差を手にして立ち上がろうとしたとたんに、新三郎はいつもの悪寒《おかん》に襲われた。

その悪寒の直後に、心の臓の動きが止まるような衝撃が来るのだった。それから、心の臓を握り潰すみたいな、締めつけが起るのである。いつもよりひどいと、新三郎は感じた。

長脇差で身体を支えようとしたが、それができなかった。息苦しさに、とても立ってはいられないのであった。新三郎は静かに両膝を突き、そのあとゆっくりと横になった。息が吸えなかった。新三郎は、気が遠くなるのを覚えた。

目が霞んだ。曇り空と舞い落ちる木の葉が、微かに見えただけだった。新三郎は、目を閉じた。心の臓の苦しさはともかく、このまま死ねると思うと気が楽になった。顔を脂汗《あぶら》が流れるのを感じながら、新三郎はすべての気力を失った。

眠りから覚めたような気分になり、新三郎は薄目をあいた。どこで何があり、いまどうしているのか、よくわからなかった。朦朧《もうろう》とした視界に、人影があった。同時に、胸をさすられている感触に気づいた。誰かが、新三郎の胸を撫《な》でさすっているのだ。

顔の輪郭が、次第にはっきりして来た。女である。お染だった。信じられないことであった。お染がいて、胸をさすってくれている。そんな馬鹿な、と新三郎は思い直した。女の顔に、目を凝《こ》らした。そっくりだが、お染ではなかった。

「大丈夫ですか」

お町が言った。

「どうも恐れ入りやす」

新三郎は上体を起しながら、お町の手首を掴んだ。お町が、ハッとなった。しかし、お町は手を引っ込めようとはしなかった。顔をそむけて、恥ずかしさに耐えているようだった。新三郎は、掴んだ手をお町の膝の上に運んだ。

「暮れ六ツまで、間がねえのと違いますかい」

新三郎は、長脇差に縋って腰をのばした。

「はい。そろそろ……」

お町が逃げるように、濡れ縁へ立って行った。濡れ縁にはすでに、手甲脚絆と三度笠、道中合羽に新しい草鞋が並べてあった。新三郎は素早く、手甲と脚絆をつけた。着物の裾をからげて、背中の帯に通すとギュッと引き絞った。

長脇差を腰に落すと、下げ緒を帯に巻きつけた。真新しい草鞋をはき、三度笠をかぶって顎ヒモを二カ所で結んだ。道中合羽を丸めて、左手で鷲掴みにした。心の臓の苦痛はまるで嘘のように消えていた。

新三郎は歩き出した。お町が、あとを追ってきた。庄左衛門は、門のところで待っていた。落着かない様子だった。

「もう、暮れ六ツでございますよ」

新三郎を見ると、庄左衛門が慌てて駆け寄って来た。

「村の衆は、ひとりも表に出ていねえでしょうね」

新三郎は、庄左衛門に言った。

「はい。戸締まりを厳重にして、一歩も外へは出るなと固く申し付けてあります」

庄左衛門のほうが、緊張した面持ちであった。

「女を受け取りに来た連中を、あっしはその場で斬りやす。よござんすね」

「はい」

「遠国寺で待っている連中は、仲間が戻って来ねえので、何かあったなと察しをつけるでしょう。だが、罠《わな》が仕掛けてあるかもしれねえと、用心深く構えて明日までは様子を見るに違いありやせん」

「それまで、新三郎さんはどこにおいでなんですか」

「あっしは万が一の場合に備えて、遠国寺の石段の下で夜明けを待つつもりでおりやす。もうここへは、戻って参りやせん」

「わかりましたでございます」

「あっしがこの村を立ち退くまでは、村の衆を家の外へ出さねえようにしておくんなさいよ」

「はい。どうぞ、よろしくお願い致します」

「お世話になりやした」

新三郎は、お町に視線を移した。

「お願いします」

お町は不安そうな顔で、腰を屈めた。たったいま、発作に苦しみ気を失った新三郎を、見たばかりだからだろう。新三郎に任せておいて、大丈夫なのだろうかという懸念の色が、お町の顔にあった。

新三郎は、門の外へ出た。背後で門の扉がしまり、閂《かんぬき》をかける音が聞えた。眼前には暮色の濃い、ひっそりとした村のたたずまいがあった。指定の場所は、水車小屋の前だという。三度笠をかぶった新三郎のシルエットが、道をゆっくりと水車小屋のほうへ移って行った。

「こら！　百姓ども！」

「女を、もらいに来たぞ！」

「どうして、誰もいねえんだ！」

「野郎！　出て来い！」

二人の男の喚《わめ》き声が、静寂を破った。二人の男が、酔ったような足どりで歩いて来た。下げ緒を握って、長脇差を肩に担ぐようにしていた。雲間から、月が顔を覗かせた。男たちは歩きながら、石を蹴ったり躍《おど》り上がったりしていた。

「女なんか、いねえじゃあねえか」

「水車小屋の中に、隠れているんだろう」

「恥ずかしがってか？」

「色男が二人も、お出ましになったんだからな」

二人の男の野卑な笑い声が、遠くまで響き渡った。だが、その笑い声が途中で、ぷっつりと跡切《とぎ》れた。二人の男は水車小屋の前で、凝然《ぎょうぜん》と立ちすくんだ。水車小屋が作っている黒い陰の部分から、うっそりと新三郎が進み出たからである。

「な、何で、何でえ！」

われに還った男のひとりが、胸を張って怒鳴った。

「おれたちが、どこの何さまだか知ってるのかい！」

もうひとりが精一杯の虚勢を張って、大きく肩を振って見せた。二人とも、肩に担いでいた長脇差を、左手に持ち変えていた。新三郎は、無言であった。

「どうやら、この野郎が女の代わりらしいぜ」

「野郎、叩っ殺してやる！」

二人の男は、同時に長脇差を抜いた。新三郎は左手に握っている道中合羽で、左側の男の長脇差を振り払った。次の瞬間、新三郎は長脇差を鞘走らせていた。当然、左側の男に斬りかかるものと思われた。

しかし、道中合羽では左側の男の長脇差を振り払ったが斬りつける対象は逆に右側の男だったのだ。右側の男にも、それは予期し得なかったようである。新三郎の長脇差を避ける余裕すらなかった。

右側の男は、脇腹を叩き割られて、うおうっと腹の底から声を絞り出した。手から落ちた長脇差が、チャリンと音を立てた。男は信じられないといった顔つきで、脇腹の傷口を押えた。十本の指の間から、赤黒い血が大変な勢いで溢れ出た。

「金吉！」

左側の男が悲痛な声で仲間に呼びかけた。金吉と呼ばれた男は、ドスッと地面に尻餅を突いた。

「徳兵衛、おれはもうだめだ」

金吉という男が、蒼白な顔で言った。乱れた髪の毛、のび放題の髭、垢《あか》が積もった肌、血に染まったボロボロの着物が、いまは男の姿をひどく惨《みじ》めにしていた。

「死ぬんじゃあねえ！」

徳兵衛という男が叫んだ。

「長《なげ》え間、世話になったな」

金吉が、仰向けに倒れた。

「この野郎、幾らもらって村の者に頼まれやがった！」

徳兵衛という男が、怒り狂った顔で吼《ほ》えるように言った。新三郎は、沈黙を続けていた。徳兵衛は息を弾《はず》ませて、真正面から斬り込んで来た。新三郎はその長脇差を、道中合羽に巻き込むようにしてはずすと、男と交差するように自分も突き進んだ。

「わっ！」

徳兵衛が、短く叫んだ。新三郎の長脇差が徳兵衛の腹を突き刺し、背中へ抜けていた。

徳兵衛は膝を折り、新三郎の肩に顎をのせる恰好になった。

「どこのどいつか知らねえが、おめえもとんだ愚か者よ」

喉をヒーヒーと鳴らしながら、徳兵衛が言った。新三郎は、激しい勢いで徳兵衛を突き放した。徳兵衛の身体が飛んだ。同時に、新三郎は長脇差を引き抜いた。徳兵衛は、金吉の死骸の上に重なって倒れた。

「地蔵堂の向こうに、墓場があらあ。そこへ行ってみな。そうしたら……」

とそこで徳兵衛は、絶句した。口から血を吐き、身体が硬直した。それっきり、徳兵衛は動かなくなった。目をあいたままであった。

「何の恨みが、あるわけじゃあねえ。勘弁してくんな」

そう呟いて、新三郎は長脇差を鞘に納めた。夜風が冷たくなった。新三郎は、道中合羽を広げて肩に回した。森閑とした地上が、暗くなったり明るくなったりしていた。雲が走り、月が見え隠れしているのであった。

新三郎はふと、徳兵衛の言い残した言葉が気になった。徳兵衛は、妙なことを口にした。墓場へ行ってみろというのである。その前には、とんだ愚か者だと言った。愚か者と墓場、それには何か相通ずるものがあるのだろうか。新三郎は、地蔵堂のほうを振り返った。

墓場へ、行ってみる気になった。新三郎は歩き出した。道に沿って、小川が流れている。水車が回っていないので、チロチロと水の音だけが聞えていた。四つ辻を二つすぎると、やがて地蔵堂の前に出た。

地蔵堂の裏の斜面が、墓地になっていた。墓石の木の墓標が立っている。周囲は、雑木林であった。新三郎は、墓場の中を歩き回った。卒塔婆も破《やぶ》れ提燈《ぢようちん》も、古いものばかりであった。

このところ、村では死んだ者がいないらしい。新仏を土葬にした跡は、まったく見られなかった。ただ墓場の隅に、一ヵ所だけ新しい土が盛ってあった。一本の柱が、その盛り土の上に立ててあった。そこには、『無縁仏之墓』と記してある。

それだけだった。別に、変わったところはなかった。徳兵衛という男が、なぜ墓場へ行ってみろと言ったのか、その意味がわからない。あるいは、徳兵衛なりの嫌味だったのかもしれない。

墓場を出ると、新三郎は村の反対側にある遠国寺へ向かって歩いた。これまでは、無事にすんだ。だが、先のことはわからない。むしろ、危険は今後にある。問題は、高瀬浦之助という浪人者であった。

浪人者であっても、武士には違いない。乞食浪人のことだから、何度か人を斬った経験があるだろう。もし剣の腕が立って、実戦の場数を踏んでいるとしたら、これほど恐ろしい相手はいない。渡世人の喧嘩剣法など、通用するはずがなかった。

遠国寺の石段が近くなった。道中合羽の中で腕を組み、新三郎は無念無想で歩を運んだ。

6

カラスの声で、浅い眠りから目を覚ました。新三郎は顔の上にあった三度笠を、取り除いた。すでに、夜が明けていた。淡いコバルト・ブルーの空が、気が遠くなるほど高く感じられた。

それがピンク色とまざり、遠くは赤く染まっていた。朝焼けであった。耳鳴りがしているのかと錯覚しそうに、深い静寂に沈んでいた。地上には靄《もや》がかかり、その中に点在する農家が浮き上がっている。

新三郎は、起き上がった。頭上の木の葉や周囲の草が、夜露に濡れて光っていた。身体に巻きつけていた道中合羽も、しっとりと湿《しめ》っている。遠国寺の石段の下から、ほんの少し横にそれた斜面であった。

新三郎の予想通り、二人の仲間が帰らなくても、残った連中は遠国寺から出て来なかった。暗いうちは、警戒して、行動を起さなかったのだ。明るくなるのを待って、まず偵察に出て来るはずだった。新三郎は三度笠をかぶって、顎ヒモを固く結んだ。

すわったまま、長脇差をかかえ込んだ。静寂が、時間の経過を感じさせなかった。明け六ツを告げる鐘の音が、遠くで聞えた。恐らく浜大塚との間にある丘陵に、寺があってそこで鐘を鳴らしているのだろう。鐘の音は六つで終わった。

新三郎は目の隅で、動くものを捉えた。石段の上である。新三郎は、そこへ目を走らせた。ひとりの男が、石段をおりて来るところだった。着物の裾をからげて、長脇差を手にしていた。

目がキラキラと、忙しく動いている。落着けないのだ。村へ偵察に行くのだが、不安なのに違いない。新三郎は立ち上がって、木の幹に凭れるようにした。男を目で追いながら、長脇差を腰に押し込んだ。

その男も、髭だらけであった。薄汚れた着物の、あちこちが破れていた。歩きながら腹や胸を、ボリボリと掻《か》いている。額から眉間《みけん》にかけて、刀傷の跡があった。やがて、男は新三郎の前まで来た。

「待ちねえ」

新三郎は、そう声をかけた。

「ひいっ！」

男は喉を鳴らして、棒立ちになった。

「どこへ行くつもりだ」

新三郎は、木の幹から背中を離した。

「だ、誰でえ！　おめえは……」

男は石段を五、六段駆け上がって、長脇差を抜いた。

「金吉と徳兵衛を、捜しに行くつもりかい」

新三郎は、石段の下へ出た。

「何だと！」

男は、唾を吐き散らした。

「だったら、無駄なことだぜ」

新三郎は冷たい目で、男を見上げた。

「知ったようなことを、ぬかすんじゃあねえ！」

男は、更に三段ほどのぼった。

「金吉も、徳兵衛も、昨日のうちに冷たくなった」

新三郎も、石段をのぼり始めた。

「おめえが、殺しやがったな！」

男は、新三郎に長脇差の鞘を投げつけた。新三郎は、よける動きを示さなかった。その必要もなく、長脇差の鞘は新三郎の足許に落ちたのである。

「今度は、おめえの番らしい」

新三郎は、足を早めた。男は蒼白な顔で、もう動かなかった。距離はたちまち縮まって、新三郎は男の前に立った。

「兄貴！」

男は、石段の上に向かって、そう絶叫した。その隙に、新三郎は男の左側を駆け抜けた。男は慌てて、向き直った。上と下と、位置が逆になった。

男が、長脇差を振り回した。新三郎も長脇差を抜き、下に向けて垂直にした。そのまま、男の長脇差が流れて来るところへ押し出した。

相手の長脇差を、受け止める形になった。だが、新三郎の長脇差は、受け止める部分を峰にしてあった。ガキッという音がして、男の長脇差が中程で折れた。折れた半分が、斜め横へ飛んだ。

「どうした、文太！」

新三郎の背後で、男の声がそう叫んだ。

「兄貴！　助けてくれ！」

文太と呼ばれた男が、両手を高く差し上げた。新三郎は、振り向かなかった。文太が高く差し上げている両手のその間に、新三郎は長脇差を振りおろした。文太の額から眉間へかけて傷跡が、その瞬間に消えた。

新たに、そこを切り裂かれたのである。傷は、そこだけに留まらなかった。額から眉間、鼻、唇、顎へと深々と割られていた。顔の真中に、赤い布地を貼《は》りつけたみたいだった。文太は、声も立てなかった。

大きくのけぞると仰向けに倒れ込んで、文太は頭から石段を滑って行った。新三郎は、すぐに体の向きを変えた。月代をのばした男が、石段を駆けおりて来た。三十すぎの、毛深い男であった。

「野郎！」

男は新三郎の位置より、十段ほど上のところで足をとめた。新三郎は、虚《うつ》ろな目で男を見上げた。男が、驚いた顔になった。

「おめえは、小仏の新三郎……」

男は、新三郎と会ったことがあるらしい。だが、新三郎のほうは、男の顔に記憶がなかった。

「おめえさんは……？」

新三郎は、気のない声で訊いた。

「籠原の五郎蔵だ！」

男は、憎悪の目を光らせた。新三郎の知らない名前だった。

「そうかい」

新三郎は、どうでもいいというように頷いた。

「思い出したかい」

「いや……」

「二年めえ、甲州の勝沼で、おめえには苦い思いをさせられたんだ」

「そんなことも、あったかい」

「ここではもう、出しゃばった真似はさせねえぜ。今度こそ、容赦はしねえ！」

五郎蔵という男は、身体中毛で被われていた。その代わり、髪の毛も髭も、胸毛や手足の毛も何となく赤っぽい感じだった。五郎蔵は、長脇差を抜き放った。それが、キラリと鋭く光った。

日射しが、強くなったようだった。石段に落ちている新三郎と五郎蔵の影が、一段と濃くなった。五郎蔵は長脇差を振りかぶり、石段の右端をおり始めた。新三郎は逆に、石段の左端を上がった。新三郎は長脇差を、無造作に右手に持っていた。

「くたばれ！」

五郎蔵が、踏み込んで来た。その長脇差を新三郎は横に払った。五郎蔵の両手が左へのびた。右側が、無防備の状態になった。その右側へ、新三郎は激しい勢いで長脇差を叩き込んだ。

右腕が付け根から切断され、更に胸の側面を長脇差が抉《えぐ》っていた。五郎蔵が空へ向けて、怒鳴るような声を発した。五郎蔵は、身体を投げ出すようにして倒れた。そのまま横に、石段を転がり落ちて行った。

石段の下に倒れている文太の上を通過して、五郎蔵が道まで転げ出るのを新三郎は見定めた。それから、新三郎は石段をのぼり始めた。これで四人を殺した。狙った通り、高瀬浦之助と一対一で争うことができるわけだった。それだけで、勝てる可能性が強まったのである。

石段をのぼりきったところで、新三郎は歩みをとめた。一瞬、新三郎の身体が、硬直したようだった。浪人者が山門の柱に、凭れかかっていたのである。懐手《ふところで》をして、長い枯れ草の茎を口にくわえていた。

まだ、三十前であった。新三郎と同じように、顔色がよくなかった。目の下に、黒い隈ができていた。削《そ》げた頰に、無精髭が疎《まば》らに生えている。充血した目の光が鈍く、唇がヒビ割れていた。

いかにも、陰険そうな顔である。恐ろしいことを考えながら、ニヤニヤしているような男に違いない。まともな考えや生き方は、捨てきっている。そうした虚無感が、浪人者の雰囲気として漂《ただよ》っていた。

高瀬浦之助は、黙りこくっていた。ただ侮蔑するような目で、新三郎を見守っているだけである。余程、腕に自信があるのか、長脇差の抜き身を提げている新三郎を前にして、高瀬浦之助は懐手をしたままだった。

「五郎蔵、文太、金吉に徳兵衛、みんな地獄へ送ったぜ」

新三郎が言った。

「そいつは、ご苦労なことだったな」

高瀬浦之助は、肩を揺すってクックックと笑った。

「あとは、おめえさんだけだ」

新三郎は、長い溜め息をついた。疲労感を覚えたのである。

「そうかな」

高瀬浦之助の顔から、笑いが消えた。

「強がりは、よしたほうがいいぜ、ひとりになりゃあ、何もできはしねえんだ」

新三郎は、むしろ自分にそう言い聞かせていた。

「ところで、おめえは知っているのかい」

高瀬浦之助は、表情を固くした。乞食浪人になると、言葉遣いまで武士らしくなくなっていた。

「何をだ」

「どうしておれたちがここに居すわって、村の連中を困らせているかをだ」

「そんなことは、知りたくもねえ」

「いや、知っておく必要がある。この古寺には、おれたちが来るまで十人のならず者が居すわっていて勝手放題に村を荒し回っていた。おれたちはその十人を、片付けてくれと庄左衛門に頼まれた。ひとりに付き、一両という約束だったのだ」

「おめえさんたち五人で、その十人を片付けたのかい」

「十人とも、おれが斬った」

「大した腕前らしいな」

「ところが片付けたあとになって、庄左衛門はとても十両など揃えられないと言い出しおった。あの庄左衛門ほど狡猾《こうかつ》で吝嗇《けち》な男を、おれは見たことがない」

「百姓はそのくれえでねえと、生きては行けねえんだ」

「それでおれたちも、この古寺に住みつくことにしたのだ」

「もう十両ぐれえ、飲み食いしたんじゃあねえのかい」

「五十両出すまでは立ち退かねえとおれが申し送ってやったものだから、庄左衛門のやつは驚いて今度はおめえを雇い入れておれたちを片付けさせようとしやがった」

「気の毒だが、とんだ見込み違いだぜ。おれは別に、雇われたわけじゃあねえ」

「ただ働きか」

「借りを返《けえ》すだけだ」

「ますますもって、間抜けた野郎だ。おめえはいま、そのくれえでねえと百姓は生きて行けねえと言ったな。村の連中がなぜ、おれたちを片付けてえと焦っていたか、その理由を教えてやろう。この古寺の本堂の床下には、見てもわからねえように石室《いしむろ》が作ってある。その石室の中には、何十俵となく村の隠し米が入れてあるんだ」

「そんなこと、おれには関《かか》わり合いのねえ話だ」

新三郎には、徳兵衛という男がなぜ墓地へ行ってみろなどと行ったのか、その意味がようやく呑み込めた。墓場にあった無縁仏の墓には、高瀬浦之助に斬られた十人のならず者の死体が埋められているのだ。

高瀬浦之助に、十人のならず者は殺された。そのあとに取って替った五人を、今度は新三郎が殺す。次に片付けられるのは新三郎だと、徳兵衛は言いたかったのに違いない。徳兵衛もまた、新三郎が金で雇われたものと決めてかかっていたのだ。

「やるか」

高瀬浦之助は、懐手をおもむろに抜き取った。同時に、枯れ草の茎を吐き捨てた。

7

十人をひとりで斬ったという高瀬浦之助の言葉に、嘘はないようだった。その正眼の構えを見ただけで、容易には斬り込めないとわかった。高瀬浦之助のほうには、十分な余裕が感じられた。

刀を正眼に構えたまま、動こうとはしなかった。新三郎のほうから仕掛けるのを、待っているのであった。新三郎の背後は、石段である。左右にしか、移動できない。新三郎は、極度に緊張していた。

高瀬浦之助の刀の切先が、ときどきピクッと動く。誘いをかけているのだった。斬り込めば、逆に斬られる。新三郎は、そんな気がした。高瀬浦之助が、一歩前へ進んだ。新三郎はその分だけ、後退しなければならなかった。

もう一歩、前へ出て来た。新三郎は片足だけ、石段を一段おりた。完全に追い詰められた。思い切って斬り込むほかはないと、新三郎は思った。その瞬間に、新三郎はいつもの悪寒に襲われたのであった。

しまったと、新三郎は胸のうちで叫んでいた。最も悪いときに、発作が起きたのである。それに、耐えることはできない。新三郎は、この場に倒れ込むだろう。そうなった新三郎を斬ったり刺したりすることは、誰にでも簡単にできる。

高瀬浦之助にしてみれば、ものたりないくらいであるのに違いない。万が一にも、助からない状態となったのである。心の臓が止まりそうな衝撃を覚えた。症状は順を追って変わる。実に正確だった。

新三郎は咄嗟《とっさ》に長脇差を左手に移し、右手を髷の後ろへやった。考えていたことではなかった。苦肉の策として、ふと思いついたのであった。窮すれば通ずるだった。新三郎の手の動きは、素早かった。

何をしようとしたのか、高瀬浦之助にも予想はつかなかったようである。それで、矢のように飛んだ平打ちの簪を、払い落すことができなかったのだ。簪の二本の脚の先は、鋭く尖がっている。その一方が高瀬浦之助の右の眼球に突き刺さり、もう片方は鼻の脇に埋まった。

高瀬浦之助は呻きながら、簪を抜き取ろうとした。そのときを逃さず、新三郎は正面から突っ込んだ。長脇差を、真直ぐにのばしたままだった。諸手《もろて》突きである。体当たりと変わらない勢いだっただけに、長脇差は三分の一を残して深々と突き刺さった。

高瀬浦之助の鳩尾《みぞおち》のあたりから背中へと、長脇差は突き抜けていた。その長脇差を引き抜くのが限度であった。新三郎は前のめりに門の中へ駆け込むと、草の上に転がった。激しく喘《あえ》ぎながら、新三郎は胸をかかえて苦悶した。

やがて、徐々に心の臓の圧迫感が薄れ始めた。新三郎は、人が近づいて来る気配を感じた。女が恐る恐る新三郎の顔を覗き込んだ。藤色の着物に見憶えがあった。一昨日の夜、庫裡で高瀬浦之助と睨み合っていた女に違いない。

女は、新三郎の脇にしゃがみ込んだ。酌女か、岡場所の女にしか見えなかった。二十二、三の女である。お染ではなかったと、新三郎は気が晴れたような思いだった。しかし、女は大柄で、派手な感じの美人であった。

「おめえの男を、殺しちまったぜ」

新三郎は、乾いた唇を動かした。

「あの浪人者のことかい？　わたしの男なんかじゃないよ」

女は甲《かん》高い声で言って、顔をしかめて見せた。

「だが、おめえはあの浪人者と、ずっと一緒だったんだろう」

「脅《おど》かされて、仕方なくここにいただけさ」

「そのめえから、一緒だったんじゃあねえのかい」

「わたしはね、あの庄左衛門という爺さんに、木更津からここへ連れて来られたんだよ。浦之助に、女を連れて来いと言われてさ。庄左衛門は木更津まで女を捜しに来て、わたしを見つけたんだよ」

「おめえも、庄左衛門さんに雇われたっていうわけかい」

「冗談じゃないよ。口先ばかりでさ。庄左衛門に一日に付き五百文で百日分を前払いと言われたから、わたしは承知してここへ来てやったんだよ。ところが庄左衛門のやつ、未だに一文もよこさずに、知らん顔を決め込んでいるんだからね」

「そいつは、気の毒だな」

「お前さんは、幾らで雇われたんだい」

「おれは、雇われたんじゃあねえ。庄左衛門さんに、命を助けられたその恩返しをしただけだ」

「いっそ、そのほうが腹を立てずにすんでいいね。百姓の知恵かどうかは知らないけど、自分たちのために人をうまく利用するもんだよ。それも、ただ働きをさせるんだ。きたなくて、ずるいんだよ」

「少ねえが、これを取っておきな」

新三郎は、晒《さらし》の腹巻の内側に手を突っ込むと、二分金を一枚取り出して女に渡した。お染に返えす二両を除けば、新三郎にとってその二分金が全財産だった。

「いいよ、こんなに……。お前さんから、お宝をもらう筋合いはないもの」

女は、戸惑ったように言った。

「遠慮するねえ」

新三郎は、横を向いた。

「そうかい。でも、悪いみたいだねえ」

女は、照れ臭そうに笑った。二分金は、小判の二分の一に相当する。五百文の百倍は二両以上になるから、女が受取る礼金としては不足である。だが、気は心だと、新三郎は胸の奥で呟いていた。

「お前さんの、名を教えておくれな」

女が、甘えるような口調で言った。

「どうせ二度と会うことはねえだろう。そんなものを知ったところで、仕方のねえことさ」

新三郎は、目を閉じた。

「そうかい。じゃあ、遠慮なくもらって行くだけにするよ」

女が、立ち上がった。

「おめえの名は、お染だそうだな」

「違うよ。わたしは、お銀だよ」

「そうかい」

「じゃあ、これでわたしは行くよ」

「達者で暮らしな」

お銀という女が去ったあとも、新三郎はしばらく目を閉じたままでいた。どうやら新三郎も、庄左衛門とお町に一杯食わされたらしい。庄左衛門とお町は、お染という女がいると嘘をついたのであった。

新三郎を引き留めるために、そんな策を考えついたのだろう。二人は木更津の居酒屋で、新三郎がお染という女に執着していることを聞いて知っていたのである。事実、新三郎はお染という女がいると言われて、五人組を片付ける最終的な決断を下したのだった。

うまい嘘だった。それにお町と庄左衛門の芝居が、実に巧みであった。二人は言う、言わせまいで争って見せたのである。あれでは誰もが、本気にしないではいられない。ただあのお町が、嘘や芝居が巧みなことに新三郎は空しさを覚えた。

借りを返すためにやったことだし、そのくらいの嘘には目をつぶろうと新三郎は思い直した。新三郎は起き上がって、三度笠をかぶり直した。長脇差を鞘に戻し、遠国寺の山門を出た。

高瀬浦之助が尻餅を突いた恰好で、二本の脚を投げ出し門の柱に寄りかかっていた。左手に、平打ちの簪を握っていた。新三郎は、それを抜き取った。二本脚の汚れを拭い取ると、簪を髷の後ろへ刺した。

石段をおりて、道へ出た。朝靄は、もう残ってもいなかった。野良仕事を始めている時間だが、まだ村人たちは家の中へ引き籠ったままだった。新三郎は、庄左衛門の家へ向かった。一切が片付いたことを、知らせなければならなかった。

門の扉が、片方だけあけてあった。そこから門の中へはいろうとして、新三郎は躊躇《ちゆうちよ》した。すぐ近くで、人の話し声がしていたからであった。男と女である。女の声は、間違いなくお町だった。

「あの渡世人のことを、好きになっちまったんじゃあねえのか」

男の声が、そう言った。

「そんなふうに疑うと、わたし怒るよ」

お町の声が甲高くなった。

「昨日、渡世人がお町さんの手を握っているのを、おらは見てしまっただ」

「あれは、違うんだってば……」

「おらたちの祝言《しゆうげん》は、来年の春だぞ。そのことを、忘れてはなんねえ」

「忘れるはずがないじゃないか。茂兵衛さんのことを……」

お町と話している男は、茂兵衛という許嫁《いいなずけ》らしい。来年の春に、祝言を挙げると言っ

ている。新三郎は、門の中へはいった。若い男とお町が、扉の陰で手をとり合ってい
た。人影に気づいて、若い男とお町が慌てて離れた。同時に、お町が愕然《がくぜん》となった。

「あ……！」

茂兵衛という若い男が、大きな叫び声を上げた。新三郎の目が、冷たく光った。

「おめえさんかい」

新三郎が、低い声で言った。お町と茂兵衛の顔に、恐怖の色が広がった。

「こういう仕組みになっていたのでござんすね」

新三郎の鋭い視線が、お町の目に突き刺さった。茂兵衛という男は、勝山の手前から道連れになり新三郎に丸木橋を渡らせようとした行商人だったのである。その茂兵衛は、間もなくお町の亭主になる男だったのだ。

そうとわかれば、すべてが読める。何もかも、計画的にやったことだったのである。

茂兵衛は本気で、新三郎に丸木橋を渡させるつもりではなかったのだ。そう仕向けて新三郎が丸木橋を渡ろうとする直前に、庄左衛門が現われて制止する。そういう筋書きの、芝居だったのである。

それで、庄左衛門は新三郎の命の恩人になれるわけだった。新三郎は庄左衛門に、大

きな借りを作ったことになる。その借りを返すために、新三郎は庄左衛門やお町の頼みを引き受ける。渡世人が借りを返すといったことに厳しい点を、うまく利用したやり方であった。

茂兵衛は木更津の居酒屋にはいなかったが、庄左衛門やお町と一緒の道中をしていたのに違いない。三人は木更津かその先まで、五人組を片付けさせるのに適当な男を捜しに行ったのだろう。居酒屋で庄左衛門を脅していた乞食渡世人も、候補のひとりだったのではないだろうか。

声をかけたものの乞食渡世人の悪相を見て、庄左衛門の気は変わった。そのために、あの乞食渡世人から文句をつけられる結果になったのだ。しかし、その代わりに小仏の新三郎という腕の立つ渡世人を、見つけることができた。

庄左衛門たちは、新三郎に狙いを定めた。茂兵衛を加えた三人で、恐らく佐貫の旅籠《はたご》屋で筋書きを拵《こしら》えたのに違いない。高瀬浦之助やお銀という女が、言っていた通りである。ただ働きさせるのが、うまいのであった。命の恩人でもなければ、借りがあったわけでもない。ただそう思わせて、無報酬で新三郎を働かせたのだ。

「あっしが黙ってここを立ち去るのは、あっしもまたお天道さまに背を向けている男だからでござんすよ。庄左衛門さんに、そう伝えておくんなさい」

新三郎はそう言って、お町たちに背を向けた。門を出たあと、新三郎はまるで走るように山道へ向かった。岡大塚の里は、みるみるうちに遠ざかった。そこを上りきると、道標のある道へ出た。

「お、おめえは……！」

通りかかった男が、いきなり長脇差を抜いた。木更津の居酒屋で、小仏の新三郎の名を騙《かた》った乞食渡世人であった。左手に、晒を巻きつけていた。新三郎は相手にならずに、小湊のほうへ歩き出した。正面に、太陽があった。男が追って来た。

「やめねえかい。虫の居所が悪いんだ。今度は、命取りになるぜ」

新三郎が、背中で言った。

「今度は、油断してねえんだ！」

男が、新三郎の横を駆け抜けようとした。新三郎の長脇差が、水平に走った。長脇差は男の喉を薙《な》いだ。割れた喉から血が噴き出して、男は仰向けに倒れた。新三郎は、眩しそうに空を振り仰いだ。

新三郎は、逆の方向へ身体を半回転させた。やっぱりお天道さまに向かって歩くのはどうも苦手だぜ、どうせ何をしても、人から背を向けられる身だしな、新三郎はそう呟いて、勝山のほうへ歩き出した。小仏の新三郎は、太陽を背に受けて自分の影を踏んだ。

月夜に吼えた遠州路

1

かつての静岡県は、三つの国に分かれていた。伊豆国、駿河《するが》国、遠江国である。それらを俗に豆州、駿州、遠州と称していたのであった。遠州は大井川の以西、愛知県との境までの部分だった。箱根とともに東海道の難所とされていた大井川を渡りきると、もうそこからは遠州であった。

難所をはさんでいる町は、自然に繁栄することになる。そこで、いわば交通渋滞気味になり、多くの旅人たちが滞在を余儀なくされるからだった。箱根をはさむ小田原と三島が、非常に栄えたのもそのためである。小田原は大久保加賀守十一万三千石の城下町でもあったが、九十五軒の旅籠屋《はたごや》が軒を並べていたのだった。

三島にもまた、旅籠屋が七十四軒あった。全国の街道のうちで、最も旅人が多かったのは、もちろん東海道である。その東海道の各宿場で旅籠屋の数が多かったのは、一位が熱田の二百四十八軒、二位が桑名の百二十軒、三位が岡崎の百十二軒、四位が四日市の九十八軒、五位が小田原で六位が浜松の九十四軒、七位が品川の九十三軒ということになる。

大井川をはさむ二つの宿場も、旅籠屋の数は決して少なくない。東の島田が四十八軒、西の金谷が五十一軒であった。天保十四年が去り、明けて弘化元年の正月も半ばをすぎていた。渇水期のせいか、大井川の水量もそれほど多くはなかった。

珍しく、河原が広がっていた。流れも、三筋に分かれている。正月気分はもう遠のいていたが、それでも新年らしい雰囲気はあった。東海地方は温暖である。身を切るような風が吹いたり、暗く陰鬱な冬の雲が垂《た》れこめたりはしない。

正月とともに春を迎えたように、視界は明るかった。その清々《すがすが》しさが、いかにも新年らしいのである。振り返ると青空を背景に、雪化粧をした富士の山が秀麗な容姿を見せている。澄みきった空に、正月の楽しさを忘れられない子どもたちが揚げる凧《たこ》が点々と浮いていた。

緑が多いのも、冬の暗さを感じさせない理由の一つだった。東海道は、見事な松並木で彩られている。あちこちに、茶畑が広がっていた。松も茶の木も、常緑樹であった。山を被っている樹海も、枯れてはいなかった。その渡世人は三度笠に手をやって、遠くの山々を眺めやった。

と、見えたのだが、渡世人の目に映じたのは山ではなかったのである。渡世人が北へ目を転じたのは、その方向へ土地の男や女がバラバラと走って行くからだった。何か異変があり、それを見物に行くという野次馬連中であった。

「お染……！」

男の声がそう呼ぶのを耳にして、渡世人は振り返ったのであった。男女の数は、たちまち増した。老人や子どもたちが加わり、旅の者までがあとを追い始めた。その中に、お染と呼んだ男と呼ばれた女がいるのである。大井川に沿った土手の上を、四、五十人の男女が駆けて行く。

その渡世人も、土手の斜面をのぼり始めた。野次馬根性を発揮したわけではない。その渡世人は、お染と呼ばれた女に関心があるようだった。渡世人は土手の上を、群集を追って足早に歩いた。

二十八、九に見えた。長身で、ひどく痩《や》せている。顔色が、青黒い。憔悴《しようすい》しきった病人のように、頬がゲッソリと削《そ》げ落ちていた。目が潤《うる》んでいるみたいに、キラキラと光っている。口許が引き締まり薄い唇だが、カサカサに乾ききっていた。

どう見ても、病人である。しかし、足許はしっかりしていた。すっかり痛んで隙間だらけになった三度笠をかぶり、黒い手甲脚絆《てっこうきゃはん》に草鞋《わらじ》ばきという道中支度であった。頑丈な拵《こしら》えの長脇差が、病人には重そうに感じられた。黒塗りの鞘《さや》を固めている鉄環と鉄鐺《こじり》が、赤黒く錆《さ》びていた。

雨風や埃《ほこり》を存分に吸い取って厚味ができたような道中合羽は、まるで大きな破れ雑巾みたいなものだった。紺の濃淡の縞模様も、判然としなかった。渡世人は左手に、振分け荷物を無造作に提《さ》げていた。

月代《さかやき》が、大分のびている。それに、髷《まげ》の後ろに妙なものがあった。簪《かんざし》を、斜めに刺しているのである。先端が耳かきになっていて、その下が銀貨ほどの円形の板、それから先は二本の脚に分かれている。銀の平打ちの簪であった。

群集は、それほど遠くまでは走らなかった。間もなく渡世人は、土手の上に人垣を築いている連中に追いついた。野次馬たちは息をつめて、眼下の河原へ視線を集めていた。不安そうな顔つきのどこかに、どう進展するかという期待の色があった。

その渡世人だけが、逆に群集へ目を向けていた。何かを、捜し求めている目であった。お染という女の顔を、見出そうとしているのに違いない。だが、若い女だけでも、十数人はいる。そう簡単に、見定めることはできなかった。

やがて渡世人は、諦めたように目を伏せた。捜し求める女の顔が、見当たらなかったようである。渡世人は、河原へ視線を投げかけた。河原には、五人の男がいた。五人が、一対四に分かれているのだった。ひとり孤立しているのは、やはり渡世人であった。

手甲脚絆に草鞋ばきで、道中合羽を引き回している。三度笠は、かぶっていなかった。髪の毛も髭《ひげ》も、のび放題であった。文なしの辛い道中を続けて来たと、一目で知れる外見である。渡世人は、河原の小石の上に、土下座をさせられていた。

顔面蒼白で、唇まで色を失っている。全身が、細かく揺れている。恐怖のために、震えているのである。それが、土手の上から、はっきり見えるのであった。三十三、四だろうか。貫禄もないし、風采も上がらない小男の渡世人だった。

その渡世人を取り囲むようにして、四人の男が突っ立っていた。そのうちのひとりは、着流しの浪人者であった。懐手《ふところ》をして、大小を落した腰を小刻みに揺すっていた。ほかの三人は、着物の上に揃《そろ》いの半纏《はんてん》を引っ掛けている。

背中に、『角』の字が染め抜いてある半纏だった。長脇差は、所持していなかった。しかし、この土地に一家を構える貸元の身内には、間違いなかった。着流しで、草履《ぞうり》を突っ掛けている。三人とも言い合わせたように、着物の裾を指で摘《つ》まんで持ち上げていた。凄んでいるのだった。

「何とか、言ったらどうでえ」

男のひとりが、後ろから渡世人の背中を蹴《け》りつけた。渡世人は前のめりになって、顔を河原の砂に埋めた。

「どうか、堪忍してやっておくんなさい」

渡世人は、泣きそうな声で言った。

「名を聞こうか」

正面にいる男が、足で砂をすくい上げるようにした。その砂が、渡世人の顔にかかって散った。

「利助と、申しやす」

渡世人は顔に付着した砂も落さずに、正面の男を見上げた。哀願する目であった。

「おい、利助。おめえは本気で、このままですむと思っていやがるのか」

背後の男が、利助という渡世人の肩の上に片足をのせた。

「ほんの駆出し者でござんす。見逃してやっておくんなさい」

利助という渡世人は、河原の小石の上に身体を投げ出すようにした。

「その駆出し者が、何だってうちの先生に文句をつけやがったんだよ」

正面の男が、浪人者のほうを見ながら言った。連中から先生と呼ばれるところを見ると、浪人者はこの土地の一家の用心棒に違いなかった。

「文句をつけたなんて、そんなつもりはありやせん」

利助という渡世人は、激しく首を振った。

「うちの先生が通りすがりの娘っこの手を摑《つか》んだとき、堅気《かたぎ》のお人をいじめねえでやってくれって、おめえが横から余計な口出しをしやがったんだぜ」

「思ったことを、つい口にしちまっただけなんで……」

「駆出し者のおめえが、金谷の幸兵衛親分のところの先生に、説教を垂れてそれですむはずはねえだろう」

「申し訳ござんせん」

「二度と余計な口出しができねえように、いまから半殺しの目に遭《あ》わせてやるぜ。覚悟しろい」

「お願い致しやす。それだけは、勘弁しておくんなさい」

利助という渡世人は、俄《にわ》かに落着きを失った。紙のように白くなった顔を、いまにも泣き出しそうな感じに歪《ゆが》めた。

「おめえ、それでも男かい。よくまあ、長脇差を腰にぶち込んで、渡世人面《づら》をして来られたな」

正面の男がそう言うと、あとの二人も思わず苦笑した。土手の上の見物人たちの間で、溜め息が洩《も》れた。同情はしているが、利助という渡世人のあまり腑甲斐《ふがい》なさに、野次馬連中は失望したのである。それでは、味方をする気にもなれないのだった。

「おい、三下《さんした》……」

浪人者が、足許に落ちていた竹を拾い上げた。長さ一メートルほどの青竹である。

「へ、へい」

利助は恐る恐る、浪人者を振り仰いだ。三下と呼ばれたことも、気にはならないようだった。まだ子分としても認められない修業中の下働きを、この世界では三下奴《やっこ》と呼んでいる。従って、一人前の渡世人に対する三下という呼び方は、大変な蔑称になるわけであった。

武士に対する蔑称として、サンピンというのがある。字は、三一《さんぴん》となる。三両一人扶持を三一と省略したのであって、ロクな稼ぎもないのに威張っている武士をそう軽蔑したのであった。三下奴も、三一から来たものだった。もっとも利助という渡世人は、気持の上で三下と変わらないようであった。

「この勝負にお前が勝ったら、指一本触れないで見逃してやると、わしが請《う》け合うがどうだ」

浪人者は、青竹を河原の砂の中に突き刺した。

「滅相もない。ご浪人さんを相手に、勝負なんてとてもできるものじゃあござんせん」

利助は、浪人に向かって両手を合わせた。すでに、命乞いをしているのだった。

「斬り合うのではない。どちらが早く、抜けるかを競《きそ》うのだ」

「早いも遅いも、ありはしやせん。あっしはまだ一度も、長脇差を抜いたことがねえんでござんす」

「言われた通りにしろ」

「へい」

「こう見えても、わしは武士だ。喧嘩剣法しか知らぬ渡世人と、対等ではちと気の毒だからな。差をつけてやる。よいか、わしは抜いた刀で、この竹を上からタテに割る。お前はそうさせまいとして、横から払って竹を倒せばよいのだ」

浪人が、そのように説明した。確かにそれで、ハンディキャップがつくのであった。浪人者は、竹をタテに割る。抜刀してから切先が、上へ円を描いて目的物に達することになるのだった。

しかし、竹を横から倒すとなると、はるかに簡単である。抜刀したらそのまま、水平に走らせればよいのだ。抜刀してからの時間は、このほうがはるかに早い。問題は、刀身が鞘から完全に抜け切れるその一瞬の素早さであった。

「立て！」

浪人が、鋭い口調で言った。利助は、弾《はじ》かれるように立ち上がった。浪人者と利助は、一本の竹をはさんで対峙《たいじ》した。浪人者が、大刀の柄に手をかけた。利助も、それに倣《なら》った。だが勝敗は、最初からわかりきっていた。まだ一度も長脇差を抜いたことがないという利助に、勝てるはずはなかった。

添えた左手の親指で鍔《つば》を押し上げるようにして鯉口を切り、同時に右手で抜刀するのである。それを一瞬のうちにやる連携動作は、幾度となく繰り返していてようやくコツを会得するのであった。

「参るぞ」

浪人者が言った。その瞬間に、浪人者の上半身が動いた。キラッと銀色の線が走った。浪人者の刀は、竹を真二つに割っていた。利助のほうは、三分の一ほど長脇差を抜きかけただけだった。その早さには、あまりにも差がありすぎた。

「お前の負けだな」

浪人者は、刀を鞘に戻しながら、ニヤリとした。

「さあ、骨と肉とをバラバラにしてやるからな」

「野郎、二度と口をきけねえようにしてやるぜ」

「女みてえに、泣き喚《わめ》きな」

三人の男が一斉に腕まくりをして、利助を押し包んだ。

「助けてくれ！」

利助が、悲鳴を上げた。

土手の上にいた渡世人は、そこまで見届けると河原に背を向けた。渡世人は、土手の上を歩き出した。街道へ戻るつもりだった。見も知らぬ利助なる男がどうなろうと、知ったことではなかった。興味すらないのだ。ここまで来たのは、お染と呼ばれた女のことが気になったためである。

「お染！」

背後で、男の声がそう叫んだ。渡世人は、反射的に振り返った。見物人たちが、何やら動揺している。群衆の中から飛び出した女がひとり、河原へ駆けおりて行ったのだ。五十ぐらいの男が乗り出して、女を引き留めようとしている。

父と娘なのに違いない。娘の名前が、お染だったのである。この騒ぎの原因は、通りがかりの娘の腕を摑《つか》んだ浪人者に利助が口出しをしたことにあるのだ。その娘というのが、お染だったのだろう。

自分を庇《かば》ってくれたために、利助が大変な目に遭わされる。お染という娘は、それを黙って見ていることに耐えられなくなったのだ。娘は、父親の制止の言葉に耳を貸さなかった。河原へ駆けおりて行った娘は、利助を殴りつけている男の腕に縋《すが》った。

「やめて、やめて、やめて下さい！」

娘は狂ったように、泣き叫んだ。

「やかましいやい！」

振り向いた男が、いきなり娘を突き飛ばした。娘は、仰向けに転倒した。それに近づいた男が、娘の着物の裾を摑んで左右に開こうとした。娘にとっては何よりも恥ずかしい姿を、人目に晒《さら》そうという魂胆であった。娘は必死になって、裾を割らせまいと上体を起しにかかった。

男が、娘を改めて突き倒した。すでに着物の裾が乱れて、娘の白い下肢が半ば露《あらわ》になっていた。土手の上の渡世人が逡巡《しゆんじゆん》ののちに、河原への斜面を駆けおりた。走りながら、渡世人の右手が屈折し、すぐ水平にのびた。髷の後ろから抜き取った平打ちの簪を、娘の上に屈んでいる男へ向けて投げつけたのであった。

「わっ！」

男が大声を上げて、首をのけぞらした。頸部《けいぶ》の横、顎の下の肉の柔らかいところに、簪が突き刺っていた。簪の脚の先端は、針のように鋭く尖《とが》っている。それが二本、深々と埋まったのであった。

ほかの連中と浪人者が、渡世人のほうを振り返った。渡世人は、走るのをやめていた。時刻は九ツ、正午であった。渡世人は短い影を連れて、ゆっくりと歩を運んだ。簪を投げつけられた男は、それを抜き取ろうともせずに唸《うな》り声を洩らしていた。渡世人は、その横に立った。

「誰でえ！　おめえは……」

利助の向こう側にいた男が、威嚇《いかく》するように怒鳴った。渡世人は不意に、隣にいる男の首から平打ちの簪を引き抜いた。男はヒーッと叫んで、その場にしゃがみ込んだ。

「武州無宿、小仏の新三郎……」

簪の脚の血を着物の袖で拭いながら、渡世人は投げやりな言い方をした。浪人者を除いた男たち、それに利助までが目を見はった。急に、あたりが静かになった。

2

地面に突き立てられた竹をはさんで、小仏の新三郎は浪人者と向かい合った。一度真二つに割られた竹は、向きを変えてあった。土手の上の見物人たちは、声も立てずに固唾《かたず》をのんで見守っている。利助やお染という娘も、緊張しきった顔つきだった。

殆《ほとん》ど同時に、新三郎と浪人者の右手が刀の柄を握った。川風が、吹き抜けて行った。音も声も聞えなかった。大井川の水音は、絶え間なく聞えている。それは、この場に溶け込んでいる自然の一部であって、特に音とは意識されなかった。

浪人者は言った。小仏の新三郎は道中合羽の前を左右に開いているだけで、三度笠もはずしてはいなかった。その三度笠の奥で、小仏の新三郎の顔にはまったく表情がなかった。潤んだ目だけが、相手の動きを観察するように生きていた。

「参るぞ」

浪人者の右手に、素早い動きが見られた。新三郎の道中合羽の裾が、翻《ひるがえ》ったように感じられた。白昼の日射しを受けて、二本の刀が銀色の閃光を放った。誰もが、目をつぶりたくなるような一瞬だった。竹が宙を飛んで、六、七メートル離れたところに落ちた。

浪人者の大刀は空を切り、その切先が河原の砂の中に没した。土手の上で、どよめきが広がった。浪人者は信じられないという顔つきで、遠くへ飛んだ竹に目を向けた。新三郎の長脇差が、横から竹を弾き飛ばすほうが一瞬早かったのである。

「この野郎……！」

と、詰め寄って来た男の脇腹へ、新三郎は長脇差を叩き込んだ。男は声も立てずに、転倒した。あとの二人は、度肝を抜かれたようにすくみ上がっていた。

「介抱してやんな。峰打ちだ」

新三郎は長脇差を鞘に納めながら、さっさと歩き出していた。新三郎が土手に上がると、群集がガヤガヤと言葉を交してあとを追って来た。新三郎は足早に歩き、やがて街道へ出た。群集は、遠のいていた。しかし、ひとりだけなおも、追って来る者がいた。利助であった。

金谷の宿場へはいったところで、利助が小仏の新三郎と肩を並べた。新三郎は利助のほうを、見ようともしなかった。利助は何か言おうとしては、その度に躊躇《ちゅうちょ》していた。やさしい目つきをしている。やさしいだけに、気も弱い。要するに利助は、渡世人には向かない男なのだ。

「小仏の新三郎さん。危いところを、ありがとうさんにござんした」

やっとのことで、利助がそう言った。

「気にすることはねえ」

新三郎は、真直ぐ前を向いたままだった。

「おめえさんは、命の恩人だ」

「こんなことを言っちゃあ何だが、おめえさんのためにやったわけじゃあねえんだよ」

「え……？」

「飛び出して行った娘っこを、助けてやろうと思ったのさ」

「あの娘は、おめえさんの知り合いなんですかい」

「そうじゃあねえ。あの娘の名が、お染というらしいんで、ほうってはおけなかっただけのことだ」

「お染という人を、捜しておいでなんですね」

「もう、五年近くにもなるだろうか。そいつがあっしの、たった一つの生き甲斐ってやつでね」

「そうだったんですかい」

「いまじゃあ、お染という名の女となると、他人みてえな気がしねえのさ」

「新三郎さんの、いい人なんですね」

「そうじゃあねえ。ただ捜し出して、是非とも返《かえ》してえものがある。それだけの、ことなんだ」

新三郎は、自嘲的な苦笑を浮かべた。

金谷の宿場を抜けると、すぐ上り坂になる。金谷坂で、初倉山を越えるのであった。

菊川に架《か》けられた長さ十二間の土橋を渡ると、夜泣き石や夜啼松などの名物がある。夜啼松はそれに火をともして赤ン坊に見せると夜泣きがとまるという伝説があり、旅人たちが削《けず》ったり切り取ったりして持ち帰るので、いまでは枯れてしまって根しか残っていなかった。

金谷から二里、約八キロで日坂であった。日坂は町としては、あまり大きくなかった。人口も、七百五十人程度である。しかし、人家百七十戸のうち、五分の一の三十三軒が旅籠屋であった。ちゃんとした宿場には、違いなかった。

突然、新三郎が左の胸を押えた。いつもの通り、まず悪寒《おかん》に襲われたのである。その直後に、心の臓の動きが止まるような衝撃が来る。それから心の臓を握り潰《つぶ》すみたいな締めつけが起り、呼吸困難に陥ると経過が一定しているのであった。

「どうしなすった！」

利助が、驚いて新三郎の腕を掴んだ。新三郎の苦悶する顔が、一層青黒くなったのに気づいたのだった。

「毎度のことだ。こいつが、持病でね」

新三郎が、呻《うめ》くように言った。目の前が、暗くなった。心の臓が、揉《も》まれるように痛んだ。新三郎の顔に、脂汗《あぶらあせ》が浮いていた。

「横になったほうがいい」

小男の利助が長身の新三郎をかかえるようにして、街道脇にある掛け茶屋の中へ連れ込んだ。掛け茶屋に客の姿はなく、小女がひとり所在なさそうに立っていた。

「ちょいと、店の奥を貸してもらうよ」

利助が、小女にそう声をかけた。小女も近づいて来て、利助に手を貸した。いちばん奥の縁台に、二人がかりで新三郎を寝かしつけた。新三郎は忙しく呼吸をしながら、半ば意識を失いかけていた。この心臓発作が起る度に、必ず今度は死ぬかもしれないと思うのだった。

二十になる前に、新三郎は初めてこの心臓発作を経験した。以来、それが持病となったのである。その後、定期的に心臓発作が繰り返された。次第に胸が破裂しそうになる苦痛が激しさを増し、発作が起きる間隔も縮まって来た。

去年あたりから、二日に一度の割りで発作が繰り返されるようになった。医者にかかったこともある。しかし、手の施しようがないとのことだった。医者は、長くは生きられないとだけ言った。いつかは、この発作で死ぬのに違いなかった。

新三郎は、夢心地でいた。発作がひどかったときは、そのあとの虚脱状態の中で心身ともに弛緩《しかん》するのであった。新三郎の目の前にお染の姿があった。それが幻影であることは、新三郎にもよくわかっていた。その証拠に、お染はまだ五年前のままだった。

新三郎は、お染と一回しか会ったことがない。五年前のことで、場所は野州矢板の近くであった。そのときも新三郎は、激しい心臓発作を起して、道端の草むらの中へ倒れ込んだのだった。苦痛が去ったあとも、しばらくは動けなかった。

そこへ、若い女がやって来たのだった。十七、八に見えた。色白で目のパッチリした愛くるしい顔をしていた。それでいて、妙にくずれた艶っぽさが感じられた。若いくせに、男好きのする色気を持っていた。水商売の女と、一目で知れた。それがお染だったのだ。

「青い顔をして……。何日も、飲まず食わずで過したんだね」

お染は新三郎の顔を覗《のぞ》き込んで、大人びた口のきき方をした。新三郎の外見や風態から、お染は飢えたための行き倒れと察したのだった。しばらく考え込んでいたお染は、小さく頷《うなず》くと小さな財布を取り出した。

「酔狂なお客に、もらったんだよ」

お染はそう言って、財布の中から小判を二枚抜き取った。

「これも、わたしのお尻ばかり撫《な》でたがる客が、無理にくれたものさ」

お染は髷へ手をやって、平打ちの銀簪を引き抜いた。その簪と二枚の小判を、お染は新三郎の胸の上に置いた。一文なしだっただけに、新三郎はお染の親切が身にしみた。

「すまねえ」

新三郎は、弱々しい声で言った。

「いいんだよ。ひもじいっていうのは、辛いことだもの。わたしも身に覚えがあるから、よくわかるんだよ」

お染は、寂しげな笑顔を見せた。

「おめえさんの、名が知りてえ」

新三郎は、お染を見上げた。

「お染っていうんだよ。生まれは武州の深谷だけど、いまじゃあ矢板宿の小料理屋の酌女さ」

「お染さんかい」

「じゃあね、食べたいものを食べて、ゆっくり養生するんだよ」

お染はニッと笑って、小走りに去って行った。お染とは、それだけの仲だった。半年後に新三郎は、矢板宿を訪れた。お染に会って、二両と簪を返すためであった。恵んでもらった二両は使い果したが、平打ちの銀簪のほうは手放さなかったのである。

お染が働いていたという小料理屋は、すぐにわかった。しかし、肝心なお染は、もうそこにはいなかった。お染に惚《ほ》れ込んだ客に、強引に連れ出されたという。その日から、お染を捜し求めての、新三郎の流れ旅が始まったのである。

新三郎は銀簪を髷の後ろに突き刺し、常に二枚の小判を腹巻きの内側に押し込んでいた。たとえ博奕《ばくち》で一文なしになろうと、旅籠代に困窮しようと、その二両だけには絶対に手をつけなかった。いつお染に会えるかわからないし、そのときはすぐに二両と簪を返さなければならないからだった。

しかし、お染にはなかなか、めぐり会えなかった。噂を耳にするだけで、いつも一足違いになるのだった。信州の沓掛、東海道の三島、相州の小田原、上州の玉村、野州の宇都宮、下総の銚子、上総の木更津と新三郎はお染を追って道中を重ねたのである。

すべて、徒労に終わった。いつの間にか、五年がすぎていた。お染についてわかったのは、桔梗《ききょう》の花が好きだということぐらいであった。お染はもう、二十三、四になっているはずだった。酌女か飯盛女として、各地を転々と流れ歩いているらしい。

今度は、遠州の見付にいるという噂を、耳にしたのである。見付の浅野屋という旅籠屋の飯盛女で、お染というのが大した上物であり客によく仕えるばかりか蕩《とろ》けさせるような床上手だと、西から来た旅人たちが話しているのを小耳にはさんだのだった。

新三郎は、遠州へ足を向けてみる気になった。期待も確信もなかった。お染という飯盛女など、別に珍しくはない。それに、旅人たちがお染という飯盛女に魅了されたのは、一年以上も前のことなのだ。多分、別人なのに違いない。

しかし、だからと言って最初から、投げてかかるつもりはなかった。新三郎は、お染を捜し出すために生きているようなものだった。新三郎は、長くは生きられない。この先、短い命を費すそれ自体が、お染を捜すことでもあるのだった。

二両の金と簪を返すことのために、五年間も流れ歩いている。相手は春を売る飯盛女か酌女に堕《お》ちた女であり、どこにいるのかも定かではない。傍目《はため》には、狂った男の執念とでも見えるかもしれない。しかし、新三郎にとってはそれだけが、短い命を燃焼させる唯一の生き甲斐なのである。

「幾らか、楽になりやしたかい」

顔の上で、利助が言った。新三郎は、目を開いた。すでに、正常な呼吸に戻っていた。新三郎は、上体を起した。

「すまねえ。手数《てかず》を、かけちまって……」

新三郎は、脇に置いてある三度笠に目をやった。利助が、脱がせてくれたのに違いなかった。

「とんでもござんせん。命を救ってもらったことに比べれば、手数のうちにはへえりやせんよ」

利助が、湯呑を差し出した。湯呑には、熱い茶が注いであった。利助の膝の上の皿には、わらび餅《もち》が並べてある。以前、葛《くず》の粉で作った餅に豆の粉をまぶして、客に出したという。葛餅なわけである。ところが客たちは葛餅とは気づかずに、わらび餅と思い込んでいたという話が残っている。いまでは、わらび餅ということで、日坂宿の名物になっていた。

利助はそのわらび餅を、うまそうに頬張っている。酒は、飲めないのに違いない。もっとも利助には、酒よりも餅のほうがピッタリ来る感じだった。腹も、すいているのだろう。利助はたちまち、二皿のわらび餅を平らげてしまった。

「どこまで、行くんだい」

「見付さ」

「すぐ、戻って来るのかい」

「そうなんだ。とんだ、野暮用さ」

背後で、そんなやりとりが聞えた。少し離れたところにある縁台に、二人の男が腰かけていた。少女が、茶とわらび餅を運んでいる。たったいま、掛け茶屋へはいって来た客に違いない。二人とも大工職人らしく、横に道具箱が置いてあった。

「見付と言やあ、思い出すなあ」

ちょいとした男前のほうの職人が、腕を組んで懐《なつ》かしそうに首を傾けた。

「浅野屋の、飯盛女だろう」

もうひとりの顔の長い男が、ニヤニヤと笑った。

「そうなんだ」

「何という名の飯盛だったけな」

「お染だよ」

「そうそう、お染だった」

「いい女だったね。男泣かせの、身体をしていやがった」

「もう一度、夜をともにしてみてえかい」

「当たりめえだ。見付へ行くんだから、浅野屋に泊ってお染を呼びてえところなんだが……」

美男の大工職人は、口惜しそうに指を鳴らした。新三郎が立ち上がった。

「口をはさんで申し訳ござんせんが、そのお染という飯盛はいまでも見付の浅野屋にいるんでしょうかね」

新三郎は、二人の大工職人の前へ回ってそう訊《き》いた。二人の職人は、面喰らったように顔を見合わせた。顔の長い男が、美男の職人の脇腹をつっ突いた。

「いや、いまはもう浅野屋には、いねえんだよ」

美男の職人は、戸惑ったような顔で言った。

「いねえんですかい」

新三郎は、短く溜め息をついた。

「見付よりちょいと西寄りの、中の町というところにいるらしいんだがね」

「中の町で、何をしているんでござんしょう」

「囲われているんだよ」

「囲われ者に、なっているんですかい」

「そうよ。一年めえ、二代目の天竜の唐蔵親分がお染に惚れちまって、その日のうちに囲い者にしたっていう噂だぜ」

「二代目の天竜の唐蔵親分……」

「張り合うには、相手が悪いや」

職人は、肩をすくめて見せた。新三郎は逆に、両肩を落していた。

3

天竜の唐蔵親分なら、新三郎も知っている。但し、初代の天竜の唐蔵である。見付の周辺を中心に天竜川に沿って、南は袖浦、北は中瀬あたりまでの広大な地域を縄張りにしていた。遠州随一の親分であり、東海道筋ではよく知られている貸元だった。

新三郎も天竜の唐蔵のところに草鞋を脱ぎ、賭場にも出入りさせてもらったことがある。一年半ほど前のことだった。その後間もなく、初代の天竜の唐蔵は病死したと聞いている。遺言で、身内のひとりが跡目を継いだという噂だった。それが、二代目天竜の唐蔵になったのだろう。

「そのお染という女の生国を、ご存じでござんすかい」

新三郎は、美男の職人に向かって小腰を屈《かが》めた。

「確か生まれは、武州の深谷とか言っていたな」

大工職人は、組んだ脚の膝頭をポンポンと叩いた。

「年は、幾つぐれえでしょう」

「おれが会ったときで、二十二になるという話だったぜ」

「あちこちを流れ歩いたというような話を、してはおりやせんでしたか」

「ああ、聞かされたよ。相州小田原、上州玉村、野州宇都宮、下総の銚子って工合に流れ歩いたってね」

「桔梗の花が好きだなんて、そんな話は出なかったですかい」

「あれ、おめえさんもまた、お染のことにずいぶんと詳《くわ》しいんだね。その通り、お染は桔梗の花が大好きだと言っていたぜ」

「そうですかい」

「二代目天竜の唐蔵親分の囲われ者になってからのお染は、いってえどうしているかなあ。しあわせに暮らしているんなら、おれたちにも文句はねえんだがねえ」

「何一つ、不自由のねえ暮らしを、送っていることでござんしょう」

「そりゃあ、食うには事欠かねえだろうよ。ところが、ちょいといやな噂を耳にしているのさ」

「いやな噂……?」

無表情だが、新三郎の目だけがチラッと動いた。

「そうなんだ。お染を囲ったはずの二代目天竜の唐蔵親分の様子が、どうもおかしいんだよ」

美男の職人が、眉をひそめた。

「どうおかしいんでござんす」

「この一年、誰ひとりとして二代目の姿を見た者がいねえっていうんだ」

「患《わずら》っていなさるんじゃあ、ねえんですかい」

「だったら、病《やまい》にかかっているって、はっきりさせるだろうよ」

「お身内衆は、そうは言ってねえんですね」

「そうなんだよ。どうも、はっきりしねえらしい。だから、二代目は死んじまっているんじゃあねえかという噂も、あるくれえなんだぜ」

「貸元が亡くなって、葬式も出さねえってはずはありやせん」

「しかし、何かと事情が、あるんじゃあねえのかい。初代、二代目と短い間に死んじまって、跡目を継ぐ者も決まっていねえとなると蝿がたかるみてえに八方から、縄張りを荒されるってことだってあるだろうよ」

「お染の姿を見た者は、いるんでござんしょうね」

「近頃はお染のほうも、あまり見かけなくなったという話だぜ」

「いろいろと、ありがとうござんす。お手間を、とらせやした」

新三郎は、二人の大工職人に頭を下げた。今度こそは、間違いなかった。新三郎が捜し求めて来たお染が、東海道筋にいるのである。武州深谷という生まれたところ、流れ歩いた各地の地名、好きな花は桔梗、とすべてが一致しているのだった。

これで、別人ということは、あり得なかった。年齢も、だいたい符合する。現在のお染は、二代目天竜の唐蔵の囲われ者になっているという。豪勢とまではいかなくても、人並み以上の生活はできるはずだった。そんなところへ二両の金を届けても、喜ばれないのに違いない。

むしろ、間が抜けていると思われるだろう。それに二代目天竜の唐蔵の、怒りを買うことになるかもしれない。だが、それでも構わない。新三郎はあくまで、二両と銀簪をお染に手渡すつもりだった。手渡したあと、お染がそれを捨てようと誰かにくれてやろうと、新三郎の知ったことではなかった。

二両の金と銀簪を、お染に返す。そこまでが、新三郎の人生なのである。それらがお染の手に渡ったとき、新三郎の流れ旅には一旦終止符が打たれるのであった。それから先、新たな人生が始まるのか、それとも死が待っているのかは新三郎自身にもわからないことだった。

「参《めえ》りやしょうか」

新三郎が戻って来たのを見て、利助が立ち上がった。新三郎は三度笠をかぶり、小女に茶代を払った。

「すんません」

ひどく恐縮して、利助は顔を伏せた。ひとりで二人分のわらび餅を平らげ、勘定は新三郎に任せたからであった。新三郎と利助は、掛け茶屋を出た。日坂から一里と二十丁で掛川、更に掛川から二里十六丁で袋井だった。見付は、袋井の先一里半のところにある。日坂から見付まで五里半、約二十二キロの距離であった。

夜には、見付につくだろう。それほど、急ぐこともなかった。太田摂津守五万三千石の城下町、掛川をすぎた。そこで森町を経て秋葉山へ抜ける道が、東海道から北西へとそれて行った。西からの旅人の数が、多くなった。お伊勢参りから、帰って来た連中らしい。

お伊勢参りは天保年間にはいって盛んになったのだが、この頃には初詣《はつもうで》にと正月に出かける者が多いようであった。旅人の中でも、そうした連中が最も陽気である。渡世人とすれ違っても、怖がってよけたりすることはなかった。

「お染という人の居所が知れて、よござんしたね」

歩きながら、利助が言った。

「さあねえ」

新三郎は、ニコリともせずに呟《つぶや》いた。間違いなくお染だとわかって、よかったのか悪かったのか、新三郎にはよくわからないのである。はっきりしているのは、西へ向かう新三郎の足どりが重いということだけだった。間もなく見付、そして中の町だと思うと、歩くことに逡巡を覚えるのであった。

お染に会う。二両と銀簪を返す。それで何もかも、終わってしまうような気がするのである。生き甲斐が、なくなるのだった。お染を捜し求めながら、心の隅には見つかって欲しくないという願望がある。そのような矛盾が、新三郎の足を重くするのだ。

「ところで、おめえさんはどこまで行きなさるんだ」

新三郎は、前方を見据えたままで訊いた。

「西貝塚へ、参《めえ》りやすんで……」

利助が、力のこもらない声で答えた。

「西貝塚……?」

「へい。見付のすぐ南なんですがね。光念寺という寺の和尚《おしよう》を、頼って行くんでござんすよ。もしよかったら、寄ってみておくんなさい」

「おめえさんは、その西貝塚の生まれなのかい」

「育ったところなんで……」

「だったら、二代目天竜の唐蔵が消えちまったという話にも、詳しいんじゃあねえのかい」

「それがここしばらく、あちこちと流れ歩いていたもんで、よくは知らねえんでござんすよ」

「初代の唐蔵親分には、娘がひとりいたんじゃあなかったかい」

「おりやした。もらいっ子で……」

「そうだ。養女で確か、お春さんとかいったな」

「お春さんでしたっけね」

「見るからに気性の激しい、威勢のよさそうな娘さんだった。一年半ほどめえに、十八だって聞いたぜ」

「すると二代目唐蔵は、そのお春さんと祝言を挙げたってわけですね」

「遺言で、初代が亡くなったその日のうちに、祝言の真似事でもやったのに違《ちげ》えねえ。ところが半年もしねえうちに、二代目唐蔵はお染という飯盛女を囲ったことになるんだ」

「ちょいと、早すぎますね」

「おまけに、その頃から二代目唐蔵は姿を消しちまって、生きているのか死んでいるのかもわからねえって噂だ」

　何かある、と新三郎は思った。他人の揉め事に、関わり合いは持ちたくない。何があろうと、知ったことではなかった。しかし、この何かには、お染が一枚噛《か》んでいるように思えるのだった。もしそうだとしたら、知らん顔はしていられなかった。

鰻《うなぎ》とスッポンが名物の、袋井をすぎた。やがて、見付であった。浜松に近いせいか、見付も活気に溢れている宿場だった。人家千三十戸、人の数四千、旅籠屋五十六軒という規模である。西から来た旅人は、この地で初めて富士山を見る。それで、見付という地名になったのだ。

袋井をすぎたところで、日が西に沈んだ。見付につく前に、完全に夜になっていた。月が出た。満月に近かった。地上を青白く染めている月の光で、女や子どもでも夜旅ができそうだった。空は銀色に輝き、眩《まぶ》しいくらいであった。人家の屋根の白さと、影の濃さがくっきりと分かれていた。

見付の宿はずれで、利助と別れた。利助は南への細い道を、月光を浴びながらしょんぼりと去って行った。新三郎は、月を振り返りながら歩いた。もう忘れたも同然の郷里だが、月の印象だけが残っているのだった。新三郎が生まれて育ったのは、武州の多摩郡《ごおり》であった。

甲州街道の、小仏峠のすぐ近くである。何もないところだった。新三郎は、郷里の貧しさしか知らなかった。しかし、一つだけ、忘れられないものがある。月だった。小仏峠の稜線にかかった満月は、いつまで眺めていても飽きないほど美しかった。それで新三郎は、満月を見たときだけ縁のない郷里を思い出すのであった。

今夜のうちに、中の町までは行けなかった。見付から中の町まで二里であり、距離としては大したこともない。だが、その間に天竜川がある。天竜川は、渡し舟で越す。その渡し舟が、明け六ツから暮れ六ツまでと定められているのだった。

見付の旅籠屋では、もう客の呼び込みをやっていなかった。どの旅籠屋も、満員になったのだろう。お染がいたという浅野屋の看板も、新三郎の目に触れた。新三郎に、旅籠屋に泊るつもりはなかった。路銀が、心細かったのである。

飲み食いは、どこでもできる。泊り賃が、何よりももったいないのだ。眠るだけなら、野宿で十分だった。野宿するところは、幾らでもあった。新三郎は、浅野屋の近くにある居酒屋の縄暖簾《なわのれん》をくぐった。お染や二代目唐蔵の噂を聞くのに、最も適当だと思ったのである。

土間の広い店だった。宵《よい》の五ツ、午後八時で店じまいの前の最も賑《にぎ》わっている時刻であった。どの席も、いっぱいだった。新三郎は、ひとり分だけあいている席に近づいた。厚い板の食台の両側に、七人の男たちがすわっていた。酒樽に板を渡した腰掛けは、四人でいっぱいになる。この席は片側だけが、三人だったのである。

「ご免を被《こうむ》りやす」

新三郎はそう言って、腰掛けの板の端にすわった。男たちは一斉に、新三郎へ視線を集めた。歓迎している顔ではなかった。七人揃って、仲間うちらしい。この土地に定着している渡世人である。とすれば、二代目唐蔵の身内ということになるのだった。

何か集まりでもあったと見えて、七人とも羽織を着込み長脇差を腰にしていた。あまり楽しそうではなかった。銚子が二十本ほど並んでいるが、少しも陽気な雰囲気ではないのだ。割り込んで来た新三郎に対しても、不満を感じているのだろう。その土地の渡世人には、旅鴉《たびがらす》を軽視したがる縄張り意識があるのだった。

「あ……！」

不意に、新三郎の向かい側にいた男が、大きな声を出した。

「この野郎は、小仏の新三郎だぜ！」

男は腰を浮かせながら、新三郎を指さした。

「何だと！」

「本当か！」

「え……！」

ほかの連中も、総立ちとなった。店の中が、音が途絶えたように静かになった。新三郎は三度笠の前を押し上げて、男たちの顔を眺め回した。

「やっぱり、小仏の新三郎だ！」

「間違いねえ！」

「野郎、表へ出ろい！」

「親分の恨みを、晴らしてやるぜ！」

男たちは羽織を脱ぎながら、店の外へ飛び出して行った。新三郎は、表情のない顔で立ち上がった。

4

店にいた客と酌女が、隅に積んである酒樽の陰へドッと逃げ込んだ。新三郎は店の外へ出ると、縄暖簾を背にして立った。七人の男たちは、路上に散っていた。地面に脱いだ羽織を投げ捨てて、それぞれ抜いた長脇差を構えていた。吐く息が白かった。

ひとりだけ、羽織も脱がず長脇差も抜かない男がいた。三十五、六の、背の高い男だった。中央に立っている。新三郎の知っている顔である。一年半前に先代の唐蔵の賭場に寄ったとき、催か代貸を勤めていた男に違いない。

「小仏の新三郎。おれは、橋羽の清吉って者だ」

その男が、厳《きび》しい顔つきで言った。

「清吉さんですかい。一度お目にかかったことが、ございやすね」

新三郎は目を細めて、高くなった月を見上げた。

「そうだったな。一年半めえの、ことだったぜ」

橋羽の清吉は、頰を引き攣《つ》らせた。

「一年半めえと、よく憶えておいででござんすね」

新三郎の顔が、月の光を受けて紙のように白く見えた。

「当たりめえだ。一年半めえ、おめえが見付を立ったその晩に、親分はこの世の人ではなくなりなすったんだ」

橋羽の清吉は、新三郎を睨《にら》みつけた。

「初代の唐蔵親分がですかい」

新三郎も、清吉へ視線を向けた。

「決まっていらあな」

「だからって、このあっしに意趣返しをしようってのも、妙な話じゃあござんせんか」

「おめえ、一年半めえのことを、忘れたとでも言いてえのかい」

「別に……」

「親分を殺したのは、おめえじゃあねえか」

遠くまで聞えないように、清吉は押し殺した声で言った。

「親分は、病《やまい》が因《もと》で亡くなったんじゃあ、ねえんですかい」

新三郎も、声を低めた。

「とぼけるんじゃあねえ。親分は、おめえの闇討ちにかかって、殺されなすったんだ。それも、後ろから刺されてな。天竜の唐蔵が流れ者に襲われて、逃げようとして背中を刺されたなんて評判が広まったら、世間のもの笑いになるじゃあねえか。それで、病死ということで通して来たんだ」

「どうにも、合点が参りやせんね。あっしが何で、親分の命を頂かなくちゃあならねえんですかい」

「そんなこと、知るもんかい」

「だったら、どうしてあっしが唐蔵親分の命を頂いたんだと、決めることができたんですかね」

「親分の口から、聞いたんだ。あの晩、親分は血まみれになって、お戻りだった。代貸のおれと伊兵衛を呼んだ親分は、跡目は源八に譲る、すぐ源八とお春の祝言をすませて二代目唐蔵の名を継がせろと苦しい息の下から言いなすった。おれは親分に、誰にやられたかを訊いてみた。親分は、小仏の新三《しんざ》だと呟いて息を引き取られたんだぜ。これほど確かな証拠が、ほかにあるかい」

「まあ、待っておくんなさい。息も絶え絶えの親分が、呟いた言葉なんでしょう。聞き違いってこともありまさあ」

「おめえは、身に覚えのねえことだと、言いてえのかい！」

清吉は、元通りの大きな声に戻った。

「身に覚えがあったら、見付なんぞへノコノコやっては来ねえでしょう」

新三郎も声を張り上げて、また金色の月へ目をやった。

「やめな。そんな言い訳は、通用しねえぜ」

清吉は、羽織を脱いだ。

「くだらねえことで、命のやりとりはしたくねえ」

新三郎の口調が、冷ややかになった。

「くだらねえことだと……！」

清吉が、脱いだ羽織を地面に叩きつけた。あとの六人が、新三郎を中心に描いていた半円を一気に縮めた。

「よさねえかい！」

新三郎が、一喝《いっかつ》した。同時に、新三郎は道中合羽の前を開いた。正面にいた二人が、逃げ腰になった。新三郎は、真直ぐに飛び出した。月光に映《は》えて、長脇差が銀色に光った。道中合羽の裾が、右へ左へと交互に翻った。キーンという金属音が、二度響いた。

弾き飛ばされた二本の長脇差が、宙に舞い上がって新三郎の背後へ落ちた。長脇差を失った二人が、横へ逃げた。新三郎は右へ走って、三人の男の中へ突っ込んだ。新三郎はまず、鍔で相手の長脇差の根元を叩く。相手は長脇差を握っている手に、痺《しび》れを感ずる。その一瞬に、相手の長脇差を巻き込むようにして弾き飛ばすのである。

三本の長脇差が、舞い上がった。そのうちの二本が、居酒屋の店先の廂《ひさし》の上に突き刺さった。あとの一本は、天水桶の中へ落ち込んだ。七人のうち五人までが、素手になったわけである。しかも、新三郎の腕の程度を、見せつけられたのだった。全員がすでに、戦意を喪失していた。

「出直して来るぜ」

清吉が、そう言った。とたんに、男たちは先を争って走り出した。新三郎は、最後になった男に足払いをかけた。男は、もんどり打って転がった。男が夢中で起き上がったときには、目の前に新三郎の長脇差の切先があった。

「助けてくれ！」

男は、新三郎に向かって両手を合わせた。まだ二十一、二の、若い男であった。

「殺しはしねえ。聞かせてもれえてえ話が、あるだけだ」

新三郎は長脇差の切先で、若い男の頬をヒタヒタと叩いた。

「へい、何でも話しやす」

男は、震えながら言った。

「おめえさんの名は……？」

「万五郎で……」

「万五郎さんかい」

「へい」

「立ちねえ、万五郎さん」

新三郎は道中合羽の前を開いて、長脇差を鞘へ戻した。万五郎という若者は、恐る恐る立ち上がった。新三郎は万五郎を連れて、再び居酒屋の敷居を跨《また》いだ。客と酌女がホーッと溜め息をつきながら、元通りの位置へ散って行った。

新三郎は万五郎と二人きりの席に、向かい合ってすわった。万五郎は俯《うつむ》いていて、なかなか顔を上げようとはしなかった。新三郎も、黙っていた。やはり、清吉の言葉が気になっていたのだった。先代の唐蔵が、闇討ちにされたという話がどうも気に入らないのであった。

襲ったのは新三郎で、当の先代の唐蔵がそう言い残して死んだというのだった。冗談の一言では、片付けられないことであった。新三郎は、先代の唐蔵と顔を合わせている。人違いするとは、思えなかった。しかも、小仏の新三と先代の唐蔵が、死の直前に指名したというのである。

名前の『郎』を省略することが、よくある時代だった。特に愛称には、『郎』が省略された。例えば、それで通っている国定忠治も、正しくは忠治郎か忠次郎で下に『郎』がつくのである。また目上の者が呼ぶときも、それを省略することが多かった。

従って、先代天竜の唐蔵が、新三郎を新三と呼んだとしても、それは当然のことだったのだ。とすると先代の唐蔵は相手を新三郎と思い込んで、そう言い残したということになる。清吉の作り話というふうにも、考えられないのであった。

「何を話したら、いいんで……」

万五郎は、顔を伏せたままで言った。

「そうだな。今日、おめえさんたちの仲間うちで何か集まりがあったようだが、その辺の話から聞かせてもらおうか」

新三郎は三度笠の顎《あご》ヒモに手をやったが、途中で思い留まった。三度笠をはずしても、仕方がないと気づいたのである。

「〝花清〟という小料理屋に、三十人からの身内衆が集まりやしたんで……」

「何のための集まりなんだい」

「天竜の唐蔵の三代目を、決めるか決めねえかっていう談合でござんす」

「三代目……?」

「へい」

「二代目がいるんじゃあねえのかい」

「それが一年とちょっとめえに、消えちまったんで……」

「その噂は、本当だったのかい。しかし、おめえさんたちには、二代目が生きてるか死んでるかぐれえのことは、わかっているんだろう」

「いや、知っちゃあおりやせんよ。もし知っているとすりゃ、清吉、伊兵衛、仁太、この三人の代貸の兄貴たちぐれえなもんでしょう」

「それで、三代目を決める決めねえって話を持ち出したのは、誰だったんだい」

「伊兵衛兄貴と、仁太兄貴で……。いつまでも親分のいねえ天竜一家じゃあ、甘く見られちまって示しがつかなくなるというんでござんす」

「清吉は、どうなんだ」

「清吉兄貴は、反対なんで……。二代目が死んで葬式を出したわけでもねえのに、三代目を決めるなんて筋が通らねえっていうのが、清吉兄貴の言い分なんでござんす」

「それで、どっちの言い分が通ったんだ」

「伊兵衛兄貴と仁太兄貴の言い分が、通りやした。逆らったのは清吉兄貴やあっしたち、七人だけでござんした」

「なるほど……」

新三郎は、道理でと思った。ここにいた清吉たち七人が、陰気な酒を飲んでいた理由がわかったのである。数百人の身内衆のうちの主だった者が三十人から集まり、たった七人だけの少数意見として問題にされず『花清』という小料理屋を引き揚げて来たのだった。浮かぬ顔つきでいたのも、当然であった。

天竜一家では、仲間うちの対立が激しいらしい。いまで言う派閥争いである。実力者は、三人の代貸であった。三人とも、新三郎の知っている連中だった。最年長は塩見の伊兵衛で、四十すぎであった。人望があるというだけで、それほど骨のある男とは思えなかった。親分の器ではない。

次が橋羽の清吉で、正統意見を吐く常識家だけに地味な存在であった。いちばん若いのが木原の仁太で、三十一、二になっているはずだった。木原の仁太は底抜けに陽気な男で、常に冗談を飛ばしていた。一名、おとぼけの仁太兄貴とも呼ばれていた。それでいて頼もしく、度胸もすわっているらしい。若い連中に、慕われるタイプであった。

本来ならば、この三人のうちから二代目唐蔵が選ばれるべきだったかもしれない。しかし、初代の唐蔵は、源八という子分を見込んでいたようである。それで初代の唐蔵は、死の直前に源八に跡目を譲ると言い残したのだった。ところが、源八つまり二代目唐蔵は一年と少し前に消えてしまい、いまでは三代目を決める決めないの話になっているというのであった。

「姐《あね》さんは、どうしていなさるんだい。二代目と祝言を挙げたお春さんだが……」

新三郎は、土間へ目を落した。

「別に、変わりはござんせん」

万五郎は、膝の上に丸めてあった羽織を拡げた。万五郎の長脇差は天水桶へ落ちたままだが、羽織だけは拾って来たのである。

「お春さんは、二代目が消えちまったことを、苦にしていねえのかい」

「へい。祝言をすませたと言っても床入りをしたわけではなし、二代目と姐さんとは赤の他人でござんすからね。今日も〝花清〟へ、見えておいででしたよ」

「お春さんが……？」

「へい。〝花清〟は仁太兄貴の店でござんすからね」

「すると二代目は、お染を……」

ここで、新三郎はひとり言になった。

「お染ってのは、浅野屋の飯盛女だった女のことですかい」

万五郎が初めて、新三郎を正視した。

「そうだ」

「あのお染なら、二代目と何の関わりもありはしやせん」

「どういうことだい」

「二代目が消えちまってから、兄貴たちが相談してお染を引き取ったんですよ。二代目の囲われ者っていうことにしてね。そうすりゃあ、二代目が消えちまったってことも、世間の目を胡麻化せやすからね」

「お染は、中の町にいるそうだな」

「へい。中の町の仙太という野郎のところで、臥《ふ》せっていると聞いておりやす」

「臥せっている？」

「身体中に、傷を負っているとかで……」

「何だと……！」

「先は長くねえんじゃあねえかと、そんな話も耳に致しやした」

「誰が、お染さんに傷を負わせやがったんだ」

「仙太だろうと思いやすよ」


「仙太ってのは、何者なんだい」


「仁太兄貴の息がかかっている乱暴者でござんすよ」

「よく、話してくれた。礼を言わせてもらうぜ」

新三郎は立ち上がった。無表情ではあったが、顔全体に引き締まったものが感じられた。

5

小料理屋『花清』は、見付の中心をややはずれて荒物屋が軒を並べているあたりの四つ辻を、北へはいったところにあった。二階建てである。恐らく二階が、広間になっているのだろう。その二階も、すでに暗くなっていた。

『花清』とある軒燈も消してあったし、暖簾もはずしてあった。入口に格子戸があり、土間が細長く奥へ続いていた。土間は、枝折戸のような扉で仕切ってあった。その奥が、調理場になっているのに違いない。そのあたりも、もう暗くなっている。

土間の両側に、座敷が続いていた。衝立《ついたて》で区切っただけの小座敷だった。もちろん、客の姿はなかった。左側の小座敷のいちばん奥に、角行燈が一つ持ち込まれているだけである。そこだけが明るく、店全体は薄暗くなっていた。

格子戸が、ほんの少しあいていた。新三郎はその間から、店の中へはいり込んだ。新三郎は音もなく、右側の座敷の上がり框《がまち》に腰を据《す》えた。そのまま新三郎は、道中合羽に三度笠の動かないシルエットになった。酔った男の濁声《だみごえ》と、若い女の甲高い声が聞えて来た。

「もう、いいかげんにおしな」

若い女が、無遠慮な言い方をしている。

「もう、よせっていうのか。いま飲み直しを始めたばかりじゃあねえかい」

男が、怒ったように声を張り上げた。いちばん奥の席に、小机をはさんだ男と女が差し向かいでいるのである。三方を、衝立で囲んでいる。だが当然のことながら、衝立は間隔を置いて並べてあった。部分的にだが、男と女の姿が見えていた。

両脇に角行燈と手焙《てあぶ》りを置き、こっちを向いているのが木原の仁太だった。いい色をした顔が、絶えず綻《ほころ》んでいる。仁太の前に、横ずわりになっているのがお春であった。後ろ姿だけでも、もうすっかり熟れた女になっていた。

「飲み直し飲み直しって、さっきからもう三度ぐらいになるよ」

お春が、渋々と酌をしている。

「こういうめでてえ日には、何度飲み直しをやってもいいもんだぜ」

仁太は、大きな口をあけて笑った。右手に盃を持ち、左手でお春の腕を撫《な》でさすっていた。

「めでたいって、まだ事は決まっちゃいないんだからね」

「いや、決まったも同じさ。うんと言わなかったのは、清吉たち七人だけだったじゃあねえか」

「でも、誰を三代目にするかは、これから決めるんじゃないか」

「三代目は、この仁太ということに決まる。わかりきっていることだぜ」

「伊兵衛は、大丈夫だろうね」

「伊兵衛は、おれに力を貸すって、何度も言っているんだ」

「裏切らないかい」

「伊兵衛は、おれとおめえの仲を知っているからな。初代の親分の娘が、おれを選んだんだからその筋を通そうってのが、伊兵衛の考えさ。その辺が、四十を越した伊兵衛の古さってわけよ」

「そうかねえ」

「それに、おめえだっておれのあと押しをしてくれるんだろう」

「当たり前じゃないか。可愛い男のためなら、どんなことだってするよ」

「十九のおめえに、可愛い男だなんて言われちゃあ、ざまはねえぜ」

「わたしをそういう女にしたのは、どこのどなたなんだい」

「先代の娘が、おれのあと押しをするとなっちゃあ、清吉だって余計な口出しはしねえだろうよ」

「とにかく最初から、仁太さんとわたしが一緒になっていたら、こうした面倒はなかったろうにねえ」

「おめえが十七のときから、おれと深《ふけ》え仲になっていたとは露知らず、おめえを源八に押しつけようとした先代がいけねえんだぜ」

「仁太さんの口から、おとっつぁんに打ち明けてくれりゃあよかったのに……」

「冗談じゃねえ。親分の娘にちょっかいを出したなんて、思われてみろ。おれは、生きちゃあいられなかったかもしれねえ」

「ちょっかいを出したんだから、仕方がないじゃないか」

「大好きなお前のものになりたいって、おれの袖を引いたのは誰だったんだい」

「馬鹿だねえ、恥ずかしいじゃないか」

「いずれにしても、晴れて一緒になれる身だというわけさ」

「嬉しいねえ」

「可愛いことを、言うじゃあねえか」

「でも、一つだけ気になることが、あるんだよ」

「どんなことだい」

「ひょっとすると、二代目が舞い戻って来るかもしれないじゃないか」

「つまらねえ取り越し苦労を、していやがるぜ」

「そうと、言いきれるかい」

「言いきれるとも。二代目はな、先代の意趣返しをするために小仏の新三郎をばらしに見付をあとにしたんだ」

「おとっつぁんの敵《かたき》を討ったら、ここへ戻って来るんだろ」

「敵を討てればの話だぜ」

「そうさ」

「笑わせるねえ。あの二代目に、小仏の新三郎を斬れるはずがねえだろう」

「金輪際《こんりんざい》、斬れないかい」

「二代目が十人、束になってかかっても、小仏の新三郎は昼寝をしていられるに違いねえな」

「だったら、何だって二代目なんかを、おとっつぁんの意趣返しに行かせたりしたんだい」

「仕方ねえ。先代が、殺されたんだ。その仇討ちをするのは、二代目の務めじゃあねえかい。二代目だってそうと承知しているからこそ、小仏の新三郎を殺せねえうちは見付の土は踏まねえんだ。ところが、二代目には生涯かかっても、小仏の新三郎を斬ることはできねえ。つまり二代目は生涯、見付には帰って来ねえってわけさ」

「そう言えば、二代目が人知れず旅に出てから、もう一年以上にもなるねえ」

「どこかで野垂れ死んだか、あるいは小仏の新三郎を殺そうとして、逆に斬られちまったかもしれねえぜ」

仁太が、低く笑った。

「だったら、気が楽なんだけどねえ」

お春が、音を立てて溜め息をついた。

新三郎は、薄暗い中でひとり苦笑を浮かべた。二代目唐蔵が一年と少し前に姿を消し、生死不明のままだという話の謎が解けたからだった。聞いてみれば、まったく単純な謎であった。謎どころか、むしろ当然のことだったのである。

初代天竜の唐蔵は一応、旅人《たびにん》の小仏の新三郎に殺されたということになっている。唐蔵は、背中を刺されて死んだ。流れ者の手にかかったばかりではなく、逃げようとして殺されたと誤解されそうな背中の傷だった。そこで世間体を慮《おもんぱか》って、先代唐蔵は病気で急死したというふうに取り繕《つくろ》った。

しかし、身内衆は、事実を知っている。跡目を継いだ源八こと二代目唐蔵は、そのまま頬かぶりをしているわけにはいかなかった。先代の意趣返しのために、二代目は小仏の新三郎を斬らなければならない。二代目としての義務であり、主だった子分たちの手前そうしなければ信望を得られないのだ。

二代目は、新三郎を追って旅立つことになった。だが、そのことを世間に知らせては、ならなかった。旅の目的が、公表できないことだからである。先代の死を病気によるものと装う限りは、二代目の行動もまた秘密にしなければならなかったのである。恐らく二代目が戻って来るまではと、行方知れずになったことの真相は未だに子分たちにも明かしてないのだろう。

だから万五郎も、二代目の生死の別さえ知っていなかった。すべてを承知しているのは、三人の代貸とお春だけなのだ。その三人の代貸の中には、二代目が永久に見付へ戻っては来られないであろうことを、読み取っていた者もいた。木原の仁太がそうである。

確かに二代目は新三郎を斬らずして、おめおめと見付へ帰って来るわけにはいかないだろう。仁太は、それを当て込んでいたのである。お春とは二年も前から、深い仲になっている。条件は、揃っていた。そこで予測通り一年以上たっても二代目が帰って来ないと見るや、仁太は三代目襲名、跡目相続、お春との祝言を狙って工作を始めたのだった。

「いや、やめて……」

「何でだよ」

「いやだよ、こんなところで……」

「おれとおめえの仲で、今更こんなところも何もねえだろう」

「待っておくれよ」

「おれは血が熱くなると、待てねえ性分なんだ。知っているだろう」

二枚の衝立が、大きく斜めに位置を変えた。のしかかろうとする仁太と、逃げようとするお春の身体が、衝立を押しやったのである。お春がのけぞって倒れ、仁太がその上に被いかぶさった。そんな二人を、新三郎はもの憂い目で見やった。男も男なら、女も女だった。似合いの二人だと、新三郎は胸の奥で冷ややかに呟いた。

「やめておくれ」

お春が左右に首を振って、顔をそむけようとしていた。

「まだ、そんなことを言っているのか」

仁太はお春の首筋に唇を押しつけながら、その衿元《えりもと》を大きく押し開いた。

「髷がくずれちまうよ」

「構わねえじゃあねえか。これから帰って、寝るだけなんだろう」

「外から人に見られたら、どうするのさ」

お春の声が、弱々しくなった。仁太の脇に、お春は両膝を立てていた。着物の裾と真紅の湯文字が滑り落ちて、むっちりとした白い太腿が剝き出しになっていた。仁太が、お春の露になった胸に顔を埋めた。

「こんな時刻に、店の前を通る馬鹿はいねえよ」

仁太が、顔を上げずに言った。言葉が、不明瞭だった。

「店の奥にはまだ、下働きの女の子がいるんじゃないのかい」

お春の声に、甘さが加わった。

「誰がいようと、いいじゃあねえか。おれはこの店の主《あるじ》なんだぜ」

仁太の手が、お春の太腿を割った。

「だって……」

お春が、喘《あえ》ぎ始めた。お春の口から小さな叫び声が洩れて、立てていた両膝を倒すようにしながら伸ばした。そのとき、店の奥から十六、七の娘が姿を現した。下働きの小女なのに違いない。娘は、タスキをはずしながら歩いて来た。

しかし、次の瞬間、娘は足をとめた。口をあいたまま、娘は凝然と立ちすくんでいた。新三郎のシルエットに、気がついたのである。驚くのも、無理はなかった。薄暗いところにひっそりと三度笠に道中合羽の男がすわり込んでいたのだ。若い娘でなくても、まず恐怖を感ずるはずだった。

新三郎は人さし指を、唇に押し当てて見せた。娘はみずから、手で自分の口を塞《ふさ》いだ。新三郎は、仁太たちがいる方向を指さした。娘は何事かというふうに、首をのばして小座敷を覗き込んだ。とたんに娘は両手で顔を被い、店の奥へ逃げて行った。

新三郎は立ち上がって、土間の奥へ歩いて行った。仁太が、息を乱していた。それを両腕でかかえ込むようにしたお春が、激しい息遣いとともに歯を鳴らしている。眉根を寄せ顔を引き攣らせて、お春は震えているのだった。二人は一つに溶け合う直前の、体勢にあったのだ。

「お楽しみのところを、恐縮でござんす」

二人のほうには背を向けて、新三郎が低い声で言った。背後で激しい物音が連続して起り、二人が離れ離れに立ち上がる気配がした。新三郎は、ゆっくりと振り返った。衝立が二枚倒れ、銚子や盃が散乱していた。お春が壁際で、着物の裾や衿を改めていた。髷が、ガックリとくずれている。

「おめえは……！」

仁太が慌《あわ》てて、開いていた着物の前を合わせた。

「はっきりと断わっておきやすがね、仁太さん。あっしは先代も二代目も、手にかけちゃあおりやせんぜ」

新三郎は、表情のない顔で仁太を見やった。

「やかましいやい！　おめえはどこまで、厚かましい野郎なんだ！」

仁太が、そう喚《わめ》き立てた。

「もし、あっしがどうしても先代を殺したというんなら、お身内衆を引き連れて意趣返しに押し寄せて来たらどうですかい」

「ああ、言われなくても、そうしようじゃあねえか」

「小仏の新三郎、逃げも隠れもしねえですからね」

「ほざきやがったな」

「何なら、時刻と場所を決めておくんなさい。そこで、待っておりやしょう」

「よし。明日の夕七ツ、場所は袖浦の天竜川河畔だ」

「わかりやした」

「きっとだぞ！」

「小仏の新三郎、惜しい命とは思っておりやせん」

新三郎は、仁太に背を向けて歩き出した。時刻は明日の夕七ツと定められた。夕方の四時である。渡世人が徒党を組んで争い事を起す場合、暁七ツとか夕七ツとかいう時間をよく選ぶ。人目の多い昼間では、役人が出動して来る恐れがあるからだった。

真暗になる夜を選ぶわけにはいかないから、暁や夕方に目立たない場所で争うのである。形式的にも暁や夕方であれば一応、お上《かみ》の威光を恐れてコソコソやっていると認められ、代官所などでは知っていて知らん顔をすることが多かったのだ。

新三郎は『花清』を出た。中天にかかった月が輝き、地上は白昼のように明るかった。新三郎はひとり孤影とともに、野宿する場所を求めて歩いた。この世の最後の夜だった。その最後の夜が、かくも美しい月の光に彩られているのも何かの因縁だろうと、新三郎は思った。

明日の日暮れには死ぬ。仁太は恐らく、天竜一家の身内衆を大勢引き連れて来るに違いない。相手がひとりとわかっているから、百人は集めないだろう。恐らく主だった連中を三、四十人、連れて来るのに違いない。幾ら新三郎でも、三十対一では勝てるはずがなかった。

新三郎は、仁太さえ斬ればよかった。仁太だけが、許せないような気がするのだ。あとは新三郎のほうが倒されて、ナマス切りにされることだろう。無事にすむことは、万が一にも望めない。そうと承知の上で、あえて新三郎は挑戦したのだった。

なぜ、死に急ぐのか。それは明日以降、生き甲斐がなくなることを自覚していたからだった。明日はお染に会う。二両の金と銀簪を返す。それで、すべてが終わる。生きていることに、何の張り合いもなくなる。新三郎の命は、いわば御用ずみであった。

お染は、ひどく痛めつけられているらしい。痛めつけられた理由はわからない。しかし、それもどうやら、仁太の差金《さしがね》による暴行のようであった。痛めつけたのが、仁太の息のかかった仙太という男だそうだからである。そのために、新三郎と会わないうちにお染が死んでしまったとしても、やはり同じことであった。

お染の墓に、二両と簪を埋めてやるだけだった。いずれにしても、生きる目的として来たことが、明日には消えるのである。新三郎は、月を振り仰いだ。月光に染まった顔に、表情はなかった。

6

野宿した絵馬堂を出たのが朝の六ツ半、午前七時であった。煮売屋で名物のうどんを流し込み、見付をあとにしたのは五ツ、午前八時である。ゆっくりと二里ほどの道を歩き四ツ、午前十時に天竜川の渡し場についた。ところが、西へ向かう武士の一団があって、一般の連中は舟渡しをあと回しにされたのだった。

ようやく一般の舟渡しが始められたときは九ツ、正午をすぎていた。大天竜川、小天竜川と二筋の川を渡るのであった。一般の舟賃は六文、武士は無料だった。天竜川を渡りきると、すぐ中の町である。中の町から江戸まで六十二里十丁、京都までもまた六十二里十丁であった。

つまり中の町は、江戸と京都の丁度真中の地点に当たるわけだ。中の町という地名も、その意味から生まれたのである。宿場ではないが、天竜川の西の渡し場があるところで鄙びた村とは違っていた。人家が軒を並べていて、街道をはさんで茶屋、居酒屋、煮売屋などが店を開いていた。

そのうちの小さな居酒屋が、仙太という男の家だとわかった。店には欲の深そうな老婆がいて、仙太はと尋ねると裏へ回れと無愛想に答えた。新三郎はせまい路次を抜けて、裏庭へ出た。裏庭の向こうに別棟の建物があった。屋根がくずれそうな家だった。

歪んだ廊下と破れ障子が、明るい日射しを浴びていた。新三郎が近づいて行くと、廊下にいた猫がさっと逃げた。新三郎の影が、破れ障子に映った。新三郎は、裏庭の隅に目をやった。福寿草が、可憐な花を咲かせていた。新三郎は、福寿草に縁があった。その根が強心剤で心の臓にいい薬だと、医者からすすめられたことがあったのだ。

「誰でえ！」

そう声がかかって、障子がカラッと開かれた。二人の男が出て来て、廊下に仁王立ちになった。二人とも左手に、長脇差を提げていた。

「天竜一家の身内かい」

新三郎は三度笠を目深にかぶったままで、あえて顔を見せようとはしなかった。

「そうよ」

左側の男が、肩を怒らせた。

「木原の仁太の腰巾着だろう」

新三郎が、低く言った。

「何だと……！」

二人の男は、長脇差の柄に手をかけた。

「大方、お染さんの見張り役なんだろう。おれは、そのお染さんに会いに来たんだ」

新三郎は道中合羽の前を、左右にはねのけた。

「野郎！」

男たちは、長脇差を抜き放った。

「今日は、小仏の新三郎が荒れる最後の日だ。容赦なく、叩っ斬るぜ」

新三郎は、右足を廊下にかけた。

「小仏の新三郎だと……！」

二人の男が、左右に散った。同時に、新三郎の長脇差が鞘走っていた。左側の男が、大きくのけぞった。脇腹を深々と切り裂かれて、男は叩きつけられるように廊下に尻餅をついた。両手で脇腹を押えながら、男は子どもが泣き叫ぶような声を出した。

だが、それも長くは続かなかった。十本の指の間から溢れ出る血が勢いを増し、男の上体が庭のほうへ大きく傾いた。男は手水鉢の水の中へ首を突っ込んで、そのまま動かなくなった。もうひとりの男が、障子にへばりつくようにして震えていた。

新三郎は廊下に飛び上がると、極めて無造作にその男の胃袋のあたりに長脇差を突き刺した。男はヒッと喉を鳴らしただけで、声を出さなかった。新三郎が長脇差を引き抜くと同時に、男は障子ごと部屋の中へ仰向けに倒れ込んだ。

その障子の向こうに、縕袍《どてら》を引っかけた大男が立っていた。坊主のように髪の毛を短く刈り込んで、顔の無精髭はのび放題という奇妙な男だった。右手に長脇差の抜き身、左手に一升徳利を持っていた。

「仙太か」

新三郎の表情が、険しくなった。

「そうよ」

仙太が、厚い唇を動かした。

「お染さんを、痛めつけたそうだな」

「おれは銭にさえなれば、どんなことでもやる男でな。だから、盃をもらって天竜一家の身内になったりは、しねえのさ」

「どうして、お染さんを痛めつけたりしやがったんだ」

「銭を出すなら、話してやるぜ」

仙太は、ニヤリと笑った。その笑いが消えたとたん、仙太の手から一升徳利が飛んだ。それを躱《かわ》して、新三郎は跳躍した。倒れている男と障子の上を飛んで、新三郎は長脇差を斜めに振るいながら畳に降り立った。仙太が、咆哮するような叫び声を発した。手首から切断された仙太の右手が、長脇差を握ったまま足許に転がっていた。新三郎は、仙太を蹴倒した。素早く仙太の胸を膝で押えつけたとき、新三郎の左手には平打ちの銀簪が握られていた。新三郎はその銀簪の脚を、いきなり仙太の左頰に突き立てた。仙太が、泣き叫んだ。

「どうして、お染さんを痛めつけやがったんだ」

新三郎は、簪を抜き取った。

「性懲《しょうこ》りもなく、何度か逃げ出そうとしたからだよ」

苦悶しながら、仙太は言葉をこぼした。

「木原の仁太に、そうしろと言いつけられたんだな」

「そうだ」

「どうやって、痛めつけたんだ」

「それは、いろいろと……」

「蹴ったり、殴ったりか」

「そうもした」

「ほかに、何をした」

「飯を食わせてねえ」

「いつからだ」

「十日間ぐらいずつ、何度も繰り返した」

「手籠めにもしただろう」

「手籠めだなんて……。どうせ毎晩、違う男に抱かれていた飯盛女じゃあねえか」

「ほかには……？」

「身体中に、切り傷を作ってやった」

仙太は、目を閉じた。蒼白な顔色に変わっていた。新三郎は立ち上がると、長脇差を逆手に持ち変えた。垂直にした長脇差を、仙太の胸に突き刺した。仙太は一瞬全身を硬直させ、すぐ四肢を弛緩させて動かなくなった。このとき、新三郎は身体に広がる悪寒を感じた。

新三郎は、奥の部屋へ足を踏み入れた。心の臓の締めつけが始まった。日光が射し込まない薄暗い部屋だった。湿《しめ》った畳が、ブヨブヨしている。新三郎は、心の臓が潰れそうな激痛を覚えた。目が霞み、視界が黄色くなった。

部屋の隅にのべてあるボロ蒲団《ぶとん》が、ぼんやりと見えた。そこに、誰か寝ている。白い顔だった。女である。お染なのだ。ついに、お染に会えた。五年ぶりの再会だった。新三郎は、呼吸ができなくなっていた。意識が、混濁しつつあった。

「お染さんですかい」

新三郎が、呻《うめ》くような声で訊いた。

「はい」

微かなお染の返事を耳にしたとき、新三郎はボロ蒲団の横へ身体を投げ出すように倒れ込んだ。新三郎の手を離れて、長脇差と銀簪が畳の上を滑った。

7

気を失ったあと心臓は正常な状態に戻ったが、新三郎はそのまま眠り続けたようだった。新三郎が目を開いたのは、日射しが足許のあたりまではいり込んで来ている頃であった。それで八ツ、午後二時をすぎていると察しがついた。一時間ほど、倒れ込んでいたわけだった。

新三郎は、上体を起した。綿《わた》のはみ出た薄い蒲団の上に、女が身体を横たえていた。掛け蒲団など、綿をボロ布が辛うじて包んでいるようなものだった。お染は、顔を向こうへそむけるようにして、眠っていた。いや、眠っているのではない。すべての気力を失って、ウツラウツラしているだけなのだ。

風呂などには、長い間はいっていないのだろう。垢に染まった着物の衿をはだけて、黒ずんだ両手を左右に投げ出している。見るも無残な姿であった。皮膚は青黒く変色し、そこには無数の傷跡が残っていた。黒、紫、赤の斑ができている。蹴ったり殴ったりされた跡の痣《あざ》である。ほかに、切り傷が縦横に走っていた。

手当てをしなくても自然に止血する程度の深さに、長脇差で肉を切ったのだった。その肉も、殆どついていなかった。骨と皮だけであった。胸にも骨が浮き出ていて、ふくらみもないところに乳首があった。首など、いまにも折れそうであった。

これほど残酷な私刑に、よく耐えられたものだった。恐怖と苦痛に発狂したとしても、それは当然のことであった。しかも、いまやお染は、生ける屍《しかばね》である。死にかけているのだった。恐らく、もう苦痛も何も感じなくなっているはずだった。

「お染さん……」

新三郎は、そう声をかけた。お染は徐々に首をめぐらした。手一本動かすにも、大変な努力が必要なのだろう。お染は、仰向けになった。顔もまた、肉が削げ落ちていた。目が眼窩《がんか》の底に落ち込み、鼻が細く高くなっている。白い唇がカサカサに乾いていて、顎は尖っていた。死人と変わらぬ顔色だった。

新三郎は、目を見はった。五年前の記憶にあるお染とは、まるで別人なのである。五年の歳月とこの一年の虐待の日々が、こうまで顔を変えてしまったのだろうか。それにしても、新三郎の脳裡にあるお染の面影さえも、残ってはいないのだった。

「おめえさんは、武州深谷の生まれのお染さんですかい」

新三郎は、そう確かめずにはいられなかった。お染は、潤んだ目をそっと閉じた。返事をしない。新三郎の捜し求めるお染では、なかったのである。新三郎は思わず、すわり直していた。

「本当の名は、お富です」

女は唇を震わせながら、弱々しい声で言った。

「しかし、おめえさんは武州深谷の生まれで、小田原、玉村、宇都宮、銚子と流れ歩き、桔梗の花が好きなお染で通していなすったんでしょう。そいつはあっしが捜しているお染さんでなけりゃあ、言えねえことですぜ」

「みんな、お染さんから聞いた話です」

「すると、おめえさんはお染さんと、どこかで一緒になったんですね」

「下総の銚子の居酒屋で、わたしたちは酌女をやっていたんです。お染さんとは仲がよくて、互いに身上話などをしました」

「どうして、お染さんになりすましたりしたんですかい」

「他愛のないことだったんです。お染さんがとてもお客の受けがよくて誰からも可愛がられることから、わたしもそれにあやかってお染さんになりすまそうなんて考えたんです。見付の浅野屋の飯盛になったときから、お染で通してしまったので、途中でお富に戻るわけにもいかずに……」

「お染さんとは、どこで別れ別れになったんですかい」

「相州の神奈川宿でした」

「お染さんはいまでも、神奈川宿にいるんですね」

「河内屋という旅籠の飯盛になるとか言ってましたけど……。旅人《たびにん》さんは、仙太を殺してくれたんですね」

「へい」

「それで、ホッとしましたよ。楽になれそうな気がします」

「お富さん、おめえさんの好きな花は何ですかい」

「そこに咲いている福寿草だって、好きですよ」

お富の口許に、笑いが漂った。新三郎は部屋を駆け抜けて、廊下から庭へ飛び降りた。裏庭の隅へ走ると、新三郎は黄色い福寿草の花を摘《つ》み取った。十本ほどの福寿草を手にして部屋へ戻った新三郎は、すでに息絶えているお富を見た。

新三郎はお富の顔と胸の上に、福寿草の花を撒《ま》いた。しあわせを知らずして二十三歳で死んだ飯盛女の顔は、花の中でようやく安息のときを得たように笑いを浮かべていた。新三郎はお富に向かって合掌すると、長脇差と銀簪を拾い上げた。

死んだのは、お染ではない。お染は、相州の神奈川宿にいるらしい。そのお染には、まだ二両も簪も返してはいないのだ。目的は、依然として残っている。生き甲斐も、失われはしなかった。まだ死ぬわけにはいかない、と新三郎は思った。

かと言って、逃げ出すつもりはなかった。約束通り、袖浦の天竜川の河畔へ向かわなければならない。仁太を、許すことはできないのだ。三十人を相手に、何とか生きのびる方法を考えるほかはなかった。死ぬなら、それもまた仕方がない。新三郎は、運を天に任せることにした。

中の町をあとにして再び天竜川を舟で渡り、池田から川に沿って南へ下った。三里ほどで、天竜川の河口だった。海が見えて来た。袖浦のはるか彼方まで、白い砂浜が続いている。

日は西に傾き、すでに約束の刻限をすぎていた。天竜川の河原に、人影が見えた。四十人はいるようだった。

手甲脚絆に鉢巻きという喧嘩支度で、額に濡らした和紙をはさんでいる。濡れた和紙は、長脇差の刃を防ぐのである。中心に、伊兵衛と清吉、それに仁太とお春がいた。潮風が、新三郎の道中合羽を煽《あお》った。新三郎に気づくと、四十人が一斉に長脇差を抜いた。

新三郎は、歩きながら道中合羽を脱いだ。

新三郎は、道中合羽と振分け荷物を投げ捨てた。同時に、猛烈なスピードで走り出した。一直線に、四十人の中へ突っ込んだのである。男たちは二つに割れて、真中に道を作った。その道を駆け抜けると見られた新三郎が、不意に左へ直角に曲がったのであった。

そこにいた男たちは、長脇差を構える暇もなかった。新三郎は右へ左へ長脇差を走らせ、正面にいた男の腹を突き刺した。ひとりに掻《か》き回される多人数というものは、混乱の仕方がひどかった。それぞれ勝手な方向へ逃げたり避けたりするので、背中をぶつけ合い正面衝突をして転ぶ者が多かった。

新三郎が走り抜けた一線に、五人の男が倒れていた。新三郎は再び斜めに、男たちの中へ突入した。斬り突き刺しながら、真直ぐ駆け抜ける。あとにまた四人の男が、転がっていた。しかし、そうした戦法も、それが限界だった。

新三郎の息が、乱れていた。顔を汗が流れて、肩が忙しく上下する。それに、男たちも警戒して広い範囲に散ってしまっていた。そうなっては、ひとりずつ斬り合わなければならない。相手はまだ、三十人以上もいる。とても、片付けられるものではない。

新三郎は、動かなくなった。前後左右から、男たちが迫って来る。日はすでに没し、今夜もまた満月に近い月がのぼり始めていた。

背後から、ひとり突っ込んで来た。新三郎は体を開いて、長脇差を振りおろした。肩口を割られてのめり込んだ男が伊兵衛であることを見定めたとき、三方から喚声《かんせい》を上げて男たちが殺到して来た。

新三郎は、一方へ逃げた。その方向は、天竜川であった。新三郎は、浅瀬へ踏み込んだ。だが、それ以上、先へは行けなかった。河口は深く、水が音もなく流れていた。完全に、追いつめられた形になった。駄目か、と新三郎は思った。

「待て！　待つんだ！」

走って来た男が、そう呼んだ。男は水を蹴散らしながら、新三郎のほうへ駆け寄って来た。小男は、新三郎と並んで立った。道中支度のままの、利助であった。

「あ、二代目だ！」

「親分だぞ！」

「二代目が、お戻りになった！」

天竜一家の身内の中から、そんな声が湧き起った。

「おめえさんが、二代目天竜の唐蔵親分で……」

新三郎は、利助の顔を見守った。

「だらしのねえ野郎だと、さぞお笑いでしょう。ところが先代が、これからは力でなく算盤《そろばん》の世の中だと読み書き計算のできるこの源八に、跡目を任せなすったんでござんす」

二代目唐蔵は、照れ臭そうに笑った。それから唐蔵は、子分たちのほうへ向き直った。ざわめきがやんで静かになった。

「聞いてもれえてえ。おれはこちらの小仏の新三郎さんに、一命を助けて頂いた。短いが、一緒に道中もさせてもらった。おれには、新三郎さんのお人柄がよくわかっている。新三郎さんは、先代唐蔵を闇討ちにするようなお人じゃあねえ」

二代目唐蔵は言った。

「だったら、先代を殺したのは誰なんですかい」

清吉が、前へ進み出た。

「おれは、いろいろと思案してみた。ふと気がついたんだが、先代が襲われたあの晩、仁太だけが姿を消していたじゃあねえか」

「すると親分は、仁太を疑っておいでなんですね」

「仁太は、先代が死ねば手めえが二代目になれると、思っていたんじゃあねえのかい」

「しかし、親分、あっしは先代の口から、小仏の新三と聞いたんですぜ」

「先代の言葉が、はっきりしなかったんだろうよ。先代は、おとぼけの仁太と言いなすったのに違えねえ。おとぼけの仁太、小仏の新三。どうでえ、似ているじゃあねえか」

二代目唐蔵がそう言うと、清吉が大きく頷いて見せた。身内衆が騒然となった。仁太の顔色が変わっていた。その前へ、お春が回り込んだ。

「本当に、おとっつぁんを殺したのかい！」

お春が、激しい口調で食ってかかった。

「女の出る幕じゃあねえ！」

仁太は、お春を突き飛ばした。

「畜生！　よくも、騙《だま》しやがったね！」

お春は、すぐ立ち上がった。右手に、河原の石を握っていた。お春が飛びかかろうとしたその一瞬に、仁太は長脇差を水平に振るっていた。長脇差は横から、お春の首を抉《えぐ》った。お春が悲鳴を上げて、噴き出した血が二メートルほど先に飛び散った。お春は横転した。

「こうなったら、おめえも道連れだ！」

血相を変えた仁太が、二代目唐蔵へ向かって突進して来た。新三郎が、二代目の前に立った。仁太が諸手突きで来るのを、新三郎は横へ弾いた。仁太の身体が、半回転した。新三郎は、その背中へ長脇差を突き刺した。切先が、仁太の鳩尾《みぞおち》のあたりから飛び出した。

「野郎……」

仁太が、呻いた。

「先代を、こうして刺したんだろうよ」

新三郎はそう言って、仁太の腰を激しく蹴った。仁太は浅瀬の中へ俯《うつぶ》せに倒れて、新三郎の手には長脇差だけが残った。

「引き揚げるぞ！」

清吉が、身内衆に声をかけた。身内衆は長脇差を納めると、三列に並んで歩き出した。二代目唐蔵がお春の死骸を、清吉に背負わせた。

「じゃあ、二代目。お達者で……」

新三郎は、頭を下げた。

「あっしの囲い者ということにされていたお染さん、やっぱり新三郎さんが捜しておいでのお染さんでしたかい」

二代目唐蔵が言った。

「へい。ところが、あっしが行ったときには、もう殺されておりやしたよ。どうか手厚く、葬ってやっておくんなさい。では、ごめんなすって……」

新三郎は、二代目唐蔵に背を向けた。道中合羽を拾って引き回し、振分け荷物を手に提げて、新三郎は袖浦の方向へ歩き出した。天竜一家の一行は、もう遠ざかっていた。あたりに人のいる気配はなく、新三郎ただひとりであった。白い砂浜が、月光に輝いて銀粉を撒き散らしたように見えた。

鏡のような海が広がり、打ち寄せる波の白さが目にしみた。すべてが月の演出によって、幻想的な美しさを見せていた。新三郎は歩きながら、いつもの悪寒に襲われた。さっきの激しい運動が崇《たた》ったのだろうが、一日のうちに二回も発作が起きるようになったのだ。

「お染さん！　生きていておくんなさいよ！　小仏の新三郎も、まだ生きておりやすぜ！」

新三郎は月に向かって、吼《ほ》えるように叫んだ。三度笠に道中合羽のシルエットと、白い砂の上のその影は、月の光の中をよろめきながら少しずつ移動して行った。やがて、それが砂丘の陰に消えたあと、月光のほかには何もなかった。

飛んで火に入る相州路

1

神奈川県の大山は、現在はあまり人に知られていない。大山は、丹沢山地の東の端にある。東に厚木市、南に秦野《はだの》市が位置している。丹沢大山国定公園の、一部であった。標高千二百四十六メートルで、一名雨降山とも呼ばれていた。

この大山はかつて、信仰の対象として有名なところだったのである。民間信仰の普及によって、霊域参詣が盛んになった。その中でも、全国的な流行になったのが伊勢詣と熊野詣、それに金毘羅《こんぴら》詣である。このほかにも、地域的に知られている信仰の対象が、幾つかあった。

江戸近辺だと成田、江ノ島、御獄、そして大山だったのである。大山詣の人々のために、道もできていた。相模の国、つまり相州の大山道が、それであった。相州大山道は、東海道を藤沢でそれて大山に至り、小田原へ抜けていた。

藤沢宿の西にある四ツ谷から、北西へ向かっているのが相州大山道であった。四ツ谷から二里ほどで、田村川にぶつかる。田村川は、馬入《ばにゅう》川の支流であった。馬入川とは、現在の相模川である。舟賃十二文で、田村川を渡ると田村だった。

宿場らしい宿場ではないが、田村には旅籠屋《はたごや》があった。田村をすぎると、あとは茶屋程度の設備しかなかった。伊勢原をすぎ、田村から三里で子易につく。子易はすでに、大山の麓であった。これから先が、険しい山道になるのだった。

一里と十八丁の坂道をのぼると、不動明王の本殿がある。そこから更に一里半で、石尊大権現に参ることができるのであった。石尊大権現を、雨降山大山寺という人もいた。

この地点から小田原にも通じているのだった。

まず、山越えをする。上り八丁、下り一里で蓑毛に出る。そのあと十日市場、尾尻、大竹、猪の口、中村、酒匂《さかわ》などを経て小田原に至るのである。大山の石尊大権現から小田原まで六里半、約二十六キロであった。

この相州大山道が最も賑《にぎ》わうのは、毎年の六月、七月と限られていた。石尊大権現への登山は、常時許されていなかったのだ。毎年六月、七月になると、霊場が一般に開放されるのである。従って、大山詣に人々が集中するのは、六月に七月とされていたのだった。

特に東海道を往来する旅人たちは、六月と七月でない限り相州大山道へは目もくれなかった。大山の遠景を眺めるのが、精々であった。しかし、その日は何となく、相州大山道に活気が見られた。といっても、旅人たちが相州大山道を続々と、北西に向かうというわけではなかった。

しきりと人々の目が、相州大山道へ向けられるのである。その道を、行きたがる者はいない。だが、関心だけは集中しているのだった。何か、異変が起ったのに違いない。相州大山道の先で、大きな騒ぎがあったらしい。旅人が土地の者に何があったかを尋ね、あちこちで噂を取り沙汰していた。

しかし、その渡世人だけはそうしたことに無関係だという顔つきで、藤沢の宿場へはいって来た。これ以上は痛みようがないという隙間だらけの三度笠をかぶり、雨風と埃《ほこり》を吸い取って雑巾《ぞうきん》みたいになった道中合羽を引き回している。

紺の濃淡の縞模様も判然としない道中合羽の裾が、春の風に煽《あお》られて重そうに揺れた。黒の手甲脚絆《てっこうきゃはん》に草鞋《わらじ》ばきという道中支度で、振分け荷物を左手に無造作に提げている。長脇差の鞘《さや》の黒い塗りが剝《は》げ落ちて、鉄鐺《てっこじり》が赤茶色に錆びていた。

その頑丈そうな拵《こしら》えの長脇差が、渡世人には重そうだった。そのくらいに、渡世人が痩《や》せ細っているのである。長身だから、尚更そう見えた。顔色が、青黒い。頰が、ゲッソリと削《そ》げ落ちている。目が熱っぽく潤《うる》んでいるように、キラキラと光っていた。引き締まった口許だが、薄い唇が乾ききってヒビ割れている。

まるで、憔悴《しょうすい》しきった病人だった。いや、病人に違いなかった。足許はしっかりしているが、気力と習慣で歩いているという感じだった。月代《さかやき》が、大分のびていた。その鋭角的に整った顔に、ゾクッと背筋が寒くなるような冷たさがあった。

渡世人は髷《まげ》の後ろに、およそ相応《ふさわ》しくないものが見られた。平打ちの銀の簪《かんざし》を、斜めに刺し込んでいるのだった。平打ちの銀簪は先端が耳掻《か》きになっていて、その下に銀貨ほどの大きさの円板がついている。それから先は、二本の脚に分かれているのだった。

藤沢の宿は、賑やかであった。小綺麗な旅籠屋が多い。町並が長く続き、約九百戸の人家がある。人口は四千人、旅籠屋の数は五十軒であった。東から来て宿へはいるところの右側に、有名な遊行寺《ゆぎょう》がある。飯盛と称する宿場女郎も、数が多く上玉を揃《そろ》えていた。揚代《あげ》は、六百文であった。

大山詣には江戸の講中が多く、六月と七月は藤沢にも団体客が溢れるほどだった。藤沢の中心部をすぎると、左側に赤銅の大きな鳥居が見える。その鳥居をくぐり、南へ道がのびている。江ノ島道であった。その先の四ツ谷から北へそれているのが、相州大山道なのである。

その渡世人はふと、空を振り仰いだ。空の明るさを見定めて、時刻を推測したのであった。弘化元年三月の初旬、時刻は七ツ、午後四時をすぎていた。黄色い絨毯《じゅうたん》を敷きつめたような菜の花畑が、街道の両側に広がっている。

藤沢から西へ足をのばせば、次の宿場は平塚であった。平塚までは、三里半の距離である。約十四キロだった。幾ら旅馴れている足であっても、二時間はかかる。平塚につくのは、暮れ六ツすぎになるだろう。それなら、藤沢で草鞋を脱いだほうが、無難かもしれない。

渡世人は、そのように迷ったようだった。先を急いではいないし、定まった目的地もない証拠であった。そのとき、すぐ近くで人声がした。通行人が、街道の端へ逃げた。人家から、幾つも顔が覗《のぞ》いた。女の悲鳴と、怒号が聞えた。

渡世人は、前方へ目を向けた。道の真中に、十人ほどの男たちが固まっていた。褌《ふんどし》一つの人足たちであった。道中人足の中で最も悪質であり、雲助と呼ばれている宿人足だと一目で知れた。連中は手に手に息杖《いきづえ》と称する棒を持って、しきりと息巻いていた。

十人ほどの連中に、ひとりの男が包囲されている。四十前後の、小商人ふうの男であった。山形の菅笠をかぶり白い手甲脚絆をつけて、風呂敷包みを背負っていた。旅の者だった。小商人ふうの男は、途方に暮れた顔つきであった。

「ふざけやがって、この野郎！」

「江戸者だろうと、街道筋じゃあ田舎者と変わりはねえんだ！」

「人足さまの機嫌を、損じてみやがれ！　旅も道中も、できやしねえぜ」

「そうよ。明日は谷底か川の底か、わかったもんじゃあねえ！」

「何なら、地獄の釜の底へでも、送ってやろうじゃあねえか！」

宿人足たちが、凄味を利かせて口々に罵《ののし》った。

「いったい、このわたしが何をしたと申されるのでしょう」

小商人ふうの男が、宿人足たちの顔を見回した。当惑はしているが、妙に落着いていた。顔色も、変わっていなかった。

「とぼけるんじゃあねえ」

一段と背の高い宿人足が、一歩前へ出て鼻が触れ合わんばかりに顔を近づけた。その宿人足だけが、息杖を持っていなかった。襦袢《じゅばん》を引っかけて、頭には鉢巻きをしていた。恐らく、仲間たちから兄貴分として奉られている宿人足なのに違いない。

「別に、とぼけてはおりません」

小商人ふうの男は、のけぞって相手の顔を避けた。

「江戸者かい」

「さようで……」

「どこからの帰りだ」

「小田原からでございます」

「手めえで、店をやっているのかい」

「美濃から仕入れた唐傘《からかさ》を、扱っております。富田屋久兵衛と申します」

「おめえ、おれの面《つら》をみてニヤリとしたな」

「いつのことでございますか」

「たったいまよ」

「どこで……？」

「この西の立て場でだ」

「さあ……」

「おれの目の前で、二匹の紋白蝶がもつれ合っているのを見て、おめえはニヤリと笑ったはずだぜ」

「それは何とも滑稽だったので、つい笑ってしまったのでございましょう」

「滑稽だったと……？」

「はい」

「おめえ、そんなことを吐《ぬ》かして、それですむと思っているのか。おれはな、黒雲の銀次という恐ろしい人足さまだ。東海道は神奈川宿から小田原にかけて、おれの名を知らねえ道中人足はいねえんだぜ」

「さようでございますか」

「その黒雲の銀次さまが面を見て笑われたとあっちゃあ、東海道筋の宿人足が残らず承知しねえということになるだろうよ」

「はい」

「返事は、それだけかい」

「いいえ……」

「大概にしやがれ！」

不意に、黒雲の銀次という宿人足が、怒声を張り上げた。ほかの連中が、一斉に息杖を持ち直した。撲《なぐ》りかかる体勢を、とったのである。宿人足のこうした振舞いは、決して珍しいことではなかった。むしろ、常套手段なのである。

西の立て場のところで、自分の顔を見て笑ったと文句をつけている。立て場とは、人足たちが杖を立てて休息する場所であった。街道筋には定められた地点に、この立て場が幾つもあったのだ。そこで顔をみて笑ったというのは、もちろんインネンのためのインネンだった。

連中の目的は、二つある。一つは旅人をいじめて面白がることであり、もう一つは金であった。脅かして金を出させることなど常習であり、追剝《おいはぎ》ぎや婦女のかどわかしもやった。それでいて、なかなか罪には問われない。宿人足は持に顔が利くし、仲間同士の連帯意識が強い。

そのために、何とか胡麻《ごま》化せるのであった。連中の犯罪捜査となると、雲を摑《つか》むのにも等しい。そこから、『雲助』という言葉ができたのであった。従って連中に目をつけられたら最後、所持金を残らず奪い取られるか半殺しの目に遭わされるかだった。

そこまで見極めて、渡世人は歩き出した。十人の宿人足が、殆《ほとん》ど道を塞《ふさ》ぐようにしていた。連中を掻き分けて進まなければ、そこを通り抜けることはできなかった。だが、その渡世人は、まったく意に介さなかった。渡世人は道の左側を歩き、邪魔な宿人足たちを左右に押しやった。

「何をしやがる！」

「野郎、待て！」

押しのけられた宿人足がそう叫ぶと、たちまち渡世人の前に数本の息杖が突き出された。それらの息杖が、渡世人の歩行を遮《さえぎ》ったわけである。渡世人は、足をとめた。そうしただけで、振り向こうとはしなかった。

「流れ者が、大手を振って街道を罷《まか》り通ろうっていうのかい」

黒雲の銀次が近づいて来て、渡世人の肩を押しこくった。渡世人は、何の反応も示さなかった。

「何とか言いな！」

前に回った宿人足のひとりが、息杖の先端で渡世人の胸を突いた。渡世人はゆっくりと、右手を三度笠の縁にかけた。

「あっしに、何かご用でござんすかい」

渡世人は、三度笠の前をグイと押し上げた。まるで死人のような顔が覗いた。まったく、表情が動かなかった。凍りつくような、冷たい眼差しであった。

「気取ったことを、言うんじゃあねえやい」

黒雲の銀次が、渡世人の右側に立った。宿人足たちが、ゲラゲラと笑った。

「ご用がねえようなら、行かせてもらいやすぜ」

渡世人は、再び三度笠を目深にかぶった。

「待ちな！」

銀次が、声をかけた。

「余計なことを申すようですが、お素人衆はあっしみてえな渡世人に関わり合いを持たねえほうが、よろしゅうござんすよ」

渡世人は、道中合羽の前を合わせた。

「おれたちが、素人衆だと……？」

銀次の顔が強《こわ》ばった。笑う者は、ひとりもいなかった。一瞬、渡世人の言葉に、圧倒されたようだった。無法者の荒くれ男たちを、素人衆の一言で片付けたのであった。筋金入りの渡世人でなければ、口にはできない言葉であった。

「おめえは……！」

下から三度笠の奥を覗き込んでいた若い宿人足が、素《す》っ頓狂《とんきょう》な声を上げた。

「遠州で、見かけたことがあるぜ！　遠州で大暴れをしやがった、おめえは確か小仏の……！」

若い宿人足は後ずさりをしながら、渡世人を指した。

「武州無宿の、小仏の新三郎には相違ござんせん」

渡世人は、やや前屈みになって歩き出した。それを、宿人足たちが押し包んだ。そのうちのひとりが、甲高い叫び声を発した。渡世人の右手が髷の後ろへ走り、目にも止まらない早さで水平にのびたのだった。宿人足のひとりが、両手で顔を被い地面にしゃがみ込んでいた。

「お素人衆に、怪我はさせたくねえんでござんすがね」

小仏の新三郎の右手には、平打ちの銀簪が握られていた。

「野郎！」

黒雲の銀次が、飛び込んで来た。だが、その瞬間に銀次も、凄まじい声を洩らして大きくのけぞった。銀次の顔に、新三郎の右手が走ったのである。平打ちの簪の二本の脚が、銀次の顔の中央を横に裂いていた。簪の脚の先端は、平たくそして鋭く尖《とが》っている。

その先端が銀次の右目を刺し、眉間《みけん》を抉《えぐ》って左の瞼を傷つけたのであった。銀次は路上に尻餅《しりもち》を突くと、苦悶《くもん》して両脚をバタバタさせた。銀次の顔に鮮血が、少しずつ広がった。それだけで、宿人足たちは怖《お》じ気づいたようだった。連中は銀次ともうひとりの仲間を助け起すと、急におとなしくなってその場から去って行った。

街道は、元通りになった。ホッとしたように、旅人が往来を始めた。軒下に並んでいた顔も、笑いを浮かべて家の中へ引っ込んだ。小仏の新三郎は道中合羽の裾で、簪の脚に付着した血を拭き取った。

「また、こんな使い方をしちまって……。お染さん、勘弁してやっておくんなさいよ」

そう言ってから、小仏の新三郎は平打ちの簪を、髷の後ろに突き刺した。空に、赤味が射していた。

2

江戸で唐傘屋を営んでいるという富田屋久兵衛が、礼をのべながら新三郎のあとを追って来た。相手にならずに、小仏の新三郎は藤沢宿の西のはずれまで歩いた。どこでもそうだが、宿はずれに上級や中級の旅籠はなかった。商人宿とか、相宿専門の下級旅籠とかが多かった。

小仏の新三郎は、浜屋という下級旅籠へはいった。富田屋久兵衛は、そこまで追って来た。浜屋の大部屋は、すでに満員だという。四畳半が一間だけあいているが、二人一緒なら泊めてもいいということだった。つまり、四畳半の部屋を、ひとりだけの客に占領されたくないわけである。

富田屋久兵衛は、新三郎と一緒に泊ると言い出した。浜屋の番頭も、それならどうぞと歓迎した。好きなように、させるほかはなかった。拒んだりすること自体が、億劫《おっくう》だったのである。浜屋に、二階はなかった。新三郎と久兵衛が案内されたのは、裏庭に面した四畳半であった。

「危いところをお助け下さいまして、まことにありがとうございました」

風呂から上がったあと、富田屋久兵衛が改めて挨拶をした。旅装を解いた久兵衛は、なかなかの貫禄に見えた。何よりも落着いていて、ドッシリとしているのである。

「とんでもございません。おめえさんを助けるために、やったことじゃあねえんです」

新三郎は、裏庭に訪れた厚い闇に目をやった。

「そうおっしゃって頂いては、なおのこと恐縮してしまいます」

久兵衛は、頭を低く下げた。

「あっしはただ、あそこを通り抜けようとしただけでござんすよ」

新三郎は依然として、笑いを忘れたような横顔を見せていた。

「では、そういうことにさせて頂きましょうか」

久兵衛は、苦笑を浮かべた。

「それに、おめえさんひとりでも、あの場は無事に治まったはずですからね」

新三郎は、膳部を運んで来た下女に背を向けた。

「何をおっしゃいます。本当に、危いところでございました」

久兵衛が先に置かれた膳部を、新三郎の前に移した。

「おめえさんは、顔色一つ変えてはいなさらなかったんですぜ」

新三郎は、背中で言った。

「それは江戸を立つときに、道中人足には弱味を見せるなと、旅馴れた知り合いから耳にタコができるほど言われて来たためでございます。精一杯、強がって見せていたようなわけでして……」

久兵衛は照れ臭そうに、笑った顔をしきりと撫で回した。

「いずれにしても、すぎたことは忘れやしょう」

新三郎は、膳部のほうに向き直った。膳部には、注文していない銚子が二本ついていた。久兵衛の志に違いない。

「お一つ、いかがでございますか」

久兵衛が、銚子を手にした。

「折角ではござんすが、あっしは酒をやらねえんで……」

新三郎は、飯櫃《めしびつ》を引き寄せた。

「お身体に、差し障りがあるんでございますか」

久兵衛も、新三郎の外見から病人と察したようだった。

「へい」

どうでもいいというように、新三郎は頷《うなず》いた。

「どこが、お悪いので……？」

「心の臓が、よくねえんでござんすよ」

「それは、養生をしなくてはいけません」

「養生なんてことには、縁のねえ身分でしてね。それに、二十になるめえからの持病なんでござんす」

「そのままにしておいても、よろしいのでございますか」

「長くはねえ命だと、医者からも言われておりやす」

「それでいて、道中を続けておられるのでございますか」

「へえ。渡世人に長生きのできる世間はありやせんし、惜しい命とも思っちゃあおりやせんからね」

新三郎は、茶碗に盛った飯に、どじょう汁をかけた。自暴自棄の気持から、言っていることではなかった。長い間、明日をも知れぬ命だと自覚し続けていると、生きることへの未練が薄れて来るのであった。いつ死んでもいいと、そんな心境になるのだった。

新三郎の持病を現代流に診断すれば、一種の心臓発作であった。二十になる前に初めて経験した発作はその後、定期的に繰り返されるようになった。発作は、常に同じ経過を辿《たど》った。まず、悪感《おかん》に襲われる。その直後に、心の臓の動きが止まるような衝撃が来る。それから、心の臓を握り潰《つぶ》すような締めつけが起って、呼吸困難に陥るのであった。

　発作によって死なずにすんだ場合は、激しい苦痛が次第に柔らぎ虚脱状態から徐々に恢復《かいふく》へと向かうのであった。いつの発作でそのまま死亡するか、当人にも予想がつかなかった。ただはっきりしているのは、去年あたりから発作の起る間隔が縮まり、心の臓が破裂するような苦痛がその度に強まっているということだけだった。

　医者にも手の施しようがなく、長くは生きられないと言われた。この次の発作によって死ぬかもしれない、という可能性が十分にあるわけだった。そうしたことから、特に生と死の区別を考えなくなったのである。ましてや、渡世人でもあった。死んでもともと、惜しい命ではない。そう思うほかは、ないのであった。

　だから、何もなければ新三郎は、もっと命を粗末に扱っていたかもしれない。小仏の新三郎はすでに、この世に存在していなかっただろう。だが一つだけ、新三郎には死ぬ前にやっておきたいことがあったのだ。いや、是が非でも、やらなければならないことだったのである。

「このあと、心配するとすれば宿人足たちの仕返しでございますね」

　手酌で盃を傾けながら、久兵衛が言った。

「案ずることは、ござんせんよ。少しは、懲《こ》りたはずですからね」

新三郎は、焼いた干し魚を齧《かじ》った。

「しかし、ああいう連中は執念深くて、衆を頼んで必ず意趣《いしゅ》返しをするものとか聞いておりますからね」

久兵衛は、二本目の銚子に手をつけた。酒ばかりではなく、話も好きな男であった。

新三郎は、沈黙した。相手になっていると、愚にもつかない話をいつまでも続けていそうだったからである。

「ところで話は変わりますが、親分さんは不思議な品物を身につけておいでございますねえ」

久兵衛は首をのばして、新三郎の背後を覗き込むようにした。

「簪ですかい」

新三郎は、仕方なく応じた。

「思い出の品か何かで……？」

久兵衛が、ニヤリとした。

「まあ、そんなものでござんすよ」

新三郎は多くを語りたくないというように、表情のない顔で素っ気ない言い方をした。思い出というほど甘いものではないが、確かに過去のある出来事を平打ちの銀簪が、現在の新三郎に結びつけているのであった。ある意味で平打ちの銀簪は、新三郎のわずかながらの生への執着を象徴しているのだった。

新三郎は、お染という女を捜し歩いている。そのお染という女に、新三郎は一度しか会ったことがなかった。五年前のことである。場所は、野州矢板の近くであった。そのときも新三郎は、激しい心臓発作を起して、道端の草むらの中に倒れ込んでいたのだ。一応、苦痛は去った。だが、しばらくは動けない状態にあった。そこへ、若い女がやって来たのである。十七、八に見えた。色白で目のパッチリした愛くるしい顔だったことを、いまでもはっきり記憶している。それでいて、妙にくずれた艶っぽさが感じられた。若いくせに、男好きのする色気を持っていた。

水商売の女と、一目でわかった。それが、お染だったのである。新三郎の外見や風態から、お染は飢えたための行き倒れと察したらしい。

「青い顔をして……。何日も、飲まず食わずで過したんだね」

お染は新三郎の顔を覗き込んで、大人びた口のきき方をした。しばらく考え込んでいたお染は、ふと頷くと財布を取り出した。

「酔狂なお客に、もらったんだよ」

お染はそう言って、財布の中から小判を二枚抜き取った。

「これも、わたしのお尻ばかりを撫《な》でたがる客が、無理にくれたものさ」

お染は髷へ手をやって、平打ちの銀簪を引き抜いた。その簪と二枚の小判を、お染は新三郎の胸の上に置いた。一文なしだっただけに、新三郎にはお染の好意が身にしみて嬉しかった。

「すまねえ」

新三郎は、やっと出る声で言った。

「いいんだよ。ひもじいっていうのは、辛いことだもの。わたしも身に覚えがあるから、よくわかるんだよ」

お染は、寂しげな笑顔を見せた。

「おめえさんの、名が知りてえ」

新三郎は、お染を見上げた。

「お染っていうんだよ。生まれは武州の深谷だけど、いまじゃあ矢板宿の小料理屋の酌女さ」

「お染さんかい」

「じゃあね。食べたいものを食べて、ゆっくり養生するんだよ」

お染はニッと笑って、小走りに去って行った。お染とは、それだけの仲だった。半年後に、新三郎は矢板宿を訪れた。お染に会って、二両の金と平打ちの簪を返すためであった。恵んでもらった二両は使い果したが、平打ちの銀簪のほうは手放さなかったのである。

お染が働いていたという小料理屋は、すぐに見つかった。しかし、肝心なお染は、もうそこにはいなかった。お染に惚《ほ》れ込んだ客に、強引に連れ出されてそれっきりだという。その日から、お染を捜し求めての、新三郎の流れ旅が始まったのである。

新三郎は銀簪を髷の後ろに突き刺し、常に二枚の小判を腹巻の内側に押し込んでいた。たとえ博奕で一文なしになろうと、旅籠代に困窮しようと、その二両だけには絶対に手をつけなかった。いつお染に会えるかわからないし、そのときはすぐに二両と簪を返さなければならないからだった。

お染の親切か、ほんの気紛《きまぐ》れかは、よくわからなかった。しかし、情けには違いない。生まれて初めて知った人の情けであるだけに、新三郎はどうしてもその借りをお染に返したかったのである。死ぬ前に是が非でもやっておかなければならないというのは、そのことだったのだ。

しかし、お染にはなかなか、めぐり会えなかった。噂を聞いてはその土地へ向かうのだが、いつも一足違いでお染が姿を消したあとに行きつくのであった。信州の沓掛、東海道の三島、相州の小田原、上州の玉村、野州の宇都宮、下総の銚子、上総の木更津、遠州の中の町と新三郎はお染を追って道中を重ねたのである。

すべてが、徒労に終わった。いつの間にか、五年以上もすぎていた。お染はもう、二十三か四になっているはずだった。酌女あるいは飯盛女にまで堕ちながら、お染は各地を転々と流れて歩いているらしい。お染についてわかったといえば、桔梗の花が好きだということぐらいであった。

遠州の中の町で、お染が相州の神奈川宿にいるかもしれないという話を耳にした。お染は神奈川宿の河内屋という旅籠の飯盛になるとか、言っていたらしいのである。新三郎は、相州の神奈川宿へ向かった。神奈川宿に、河内屋という旅籠はあった。

だが、またしても無駄足だったのだ。河内屋という旅籠に、お染はいなかったのである。半年ほど前に、身請けされたのであった。その上、お染は逃げてしまったというのだった。身請けしたのは、気のいい老人であった。お染は数日後に、その老人の許から姿を消したということだった。

身請けさせておいてドロンを決め込んだのだと、河内屋の番頭は憤慨した口調で言っていた。そうなっては、お染の行方に見当をつけることも不可能であった。新三郎は行くアテもなく神奈川宿をあとにして、東海道を西へ藤沢まで来たというわけだった。

しかし、新三郎は未だに、諦めてはいなかった。ほかに期待するものが何もないから、諦めようがないのである。二両の金と簪を返すことのために、短い命を費している。新三郎にはそれだけが、消えかかっている生命を燃焼させる唯一の生き甲斐であり、今日を過ごす目的なのであった。

唯一の生き甲斐と目的を、見失いたくなかった。それにはお染を捜し出すことを、断念してはならないのだ。あるいは、すでに死んでいるかもしれない。たとえそうだったとしても、お染を捜し続けるのであった。そうしなければ、新三郎はいつ消えるかわからない命の灯の処理のしようがないのである。

「例の騒ぎですが、ますます大変なことになりそうでございますね」

ふと思いついたように、久兵衛が顔を上げた。新三郎の分も飲んでしまって、久兵衛はすでに四本の銚子を空にしていた。血色のいい久兵衛の顔が、更に赤く染まっている。

「例の騒ぎ……」

興味がないという顔つきで、新三郎は食後の番茶をすすった。

「はい、小田原から藤沢にかけては、もうその噂で持ち切りでございますよ」

久兵衛は新たな話題を見つけて、急に元気づいたようだった。話好きな男が酔ったのだから、一層多弁になるのは当然のことであった。

「そう言えば、何やらあったようでござんすね」

新三郎は、裏庭に面した廊下の雨戸を繰る下女の後ろ姿を、ぼんやりと眺めやった。新三郎にも、思い当たることがないでもなかった。街道筋が、何となく騒然となっていた。相州大山道のほうを、気にしている者が多かった。

「何やら、なんてものではございません。相州大山道の蓑毛の見晴らし茶屋に、悪い連中が立て籠もったのでございますよ」

久兵衛が、煙管《きせる》を取り出した。鉈豆煙管《なたまめぎせる》だが、中央の部分が平たくて幅広く、珍しい形をしていた。

「そうですかい」

新三郎は、言葉だけで応じた。やはり、関心を持てないことだった。

「江戸から駿府にかけて荒し回った鬼面党という五人組の盗人を、親分さんもご存じでございましょう」

「噂に聞いたことは、ありやすがね」

「盗みはするが非道はしないという義賊とは違って、容赦なく人を殺して小判だけを奪い取り、東海道筋の分限者《ぶげんしゃ》たちを震え上がらせたあの鬼面党でございます。それが昨日から蓑毛の見晴らし茶屋に逃げ込んで、そのまま居すわっているそうで……」

「それで、大変な騒ぎになっているんでござんすかい」

「はい。関東取締御出役さまからの求めに応じて、小田原の大久保加賀守さまの兵五十人が今朝早く蓑毛まで出張《でば》って、見晴らし茶屋を取り囲んだそうでございます」

「そいつはまた、仰々しいことでござんすね」

「ところが、それでも容易には片付かないという見通しだとか聞いております」

「どうしてなんで……」

「一つには見晴らし茶屋が山の中腹の崖の上になって、天然の要害をなす砦《とりで》と変わらないのだそうでございます。しかも、鬼面党の賊どもは、一筋縄ではいかない連中ばかりでして……」

「鬼面党の頭《かしら》は、夜桜の金蔵とかいう盗人だと聞いております」

「はい。その夜桜の金蔵は侍でもないのに、居合抜きの名人だということでございます。それから影法師の宗吉というのが、目をつぶっていても的をはずしたことがないと評判の手裏剣の名手だそうで……。ほかに浪人くずれの村上一角が、大変な剣の使い手。元は力士だったという大関の友治郎が大力無双、天狗の市助は鳥のように身軽に走り回るというように粒が揃っているので、無闇に手出しはできないとのことでございました」

「それにしても、小田原藩の藩兵まで繰り出しておきながら、不甲斐ないことでございますね」

「それが、もう一つ難問があるせいなのでございます。連中は二人の人質を楯《たて》にとって、見晴らし茶屋に立て籠もっているのでして……。人質のひとりは、たまたま見晴らし茶屋に居合わせたご老人だそうで、その方が小田原藩のご重役に所縁《ゆかり》があるお人というのですから一層厄介なことなんだそうでございます。もうひとりの人質は、見晴らし茶屋のお染とか申しますおかみさんということでした」

忙しく喋《しゃべ》り続けてから、久兵衛は長い溜息をついた。

「お染……？」

もの憂く動いていた新三郎の目が、何かを探るようにキラッと光った。

「はい。何しろ訴人されて小田原から蓑毛へと逃げ込んだ連中のことでございますから、窮鼠《きゅうそ》猫を嚙むの譬《たと》え通りどんなことをするかわかりません。みすみす人質たちを見殺しにするわけにもいかず、籠城した悪人どもを遠巻きにするという騒ぎになったのでございます」

「その見晴らし茶屋のおかみさんのことなんでござんすがね」

「はい」

「お染という名に、間違いはねえんでしょうね」

「わたしが聞いたところでは、名はお染、年は二十四ということでございました」

「その見晴らし茶屋というのは、古くからあったんですかい」

「らしゅうございますが、半年ほど前に新たに買い手がついて店開きをしたというふうに聞いております」

「お染というおかみさんは、そのときからいるんですね」

「いいえ、見晴らし茶屋の亭主と連れ添って、まだ日も浅いのだそうでございます」

「そうでござんすかい」

「鬼面党の連中が隠している小判は三千両とかいう噂でございますし、いったい何日籠城が続くことかと世間ではあれこれと取り沙汰しているようで……」

久兵衛は音を立てて、タバコの煙を吐き出した。悪い連中に人質とされている女があのお染なら、蓑毛の見晴らし茶屋まで行かねばなるまいと、新三郎はぼんやり考えていた。

3

久兵衛は酔ったらしく、早々《そうそう》に眠りたがった。下女が四畳半いっぱいに二組の床をとると、久兵衛はすぐに横になった。行燈《あんどん》の燈心を一本だけにして、新三郎は部屋を出た。久兵衛は、鼾《いびき》をかいていた。新三郎は、手水場《ちょうずば》で用をたした。

まだ五ツ、午後八時をすぎたばかりだが、下級旅籠の夜は早かった。客はもう眠りについて、あたりは静まり返っていた。廊下の曲がり角の小さな行燈に、火がはいっているだけであった。新三郎は手水場の無双窓から、外を覗いてみた。

明るかった。空に薄い雲が広がっているが、月が出ているのである。朧《おぼろ》月夜であった。しっとりとした夜気に、菜の花の匂いがこもっているような気がした。今夜も砦と化した蓑毛の見晴らし茶屋では、立て籠もった鬼面党の連中と、それを遠巻きにした小田原藩の藩兵との対立が続けられているのに違いなかった。

見晴らし茶屋の中には、二人の人質がいるという。そのうちのひとりが小田原藩の重臣と縁故関係にある老人だというので、迂闊《うかつ》には手出しができないらしい。だが、新三郎にしてみれば、そうした老人は興味の対象外であった。

新三郎が気がかりなのは、お染という見晴らし茶屋の女であった。それが、例のお染だとは限らない。これまでの経験からいっても、むしろその可能性は期待できなかった。お染という名の女は、決して少なくないのである。それに例のお染は神奈川宿で宿場女郎の足を洗いながら、身請けしてくれた旦那を裏切って逃亡したのであった。

そうしたお染が同じ相州で、見晴らし茶屋の亭主の女房に納まっているということにも、疑問が感じられるのだった。しかし、だからと言って例のお染ではないと、断定することもできないのである。年は、二十四歳だという。その点では、お染であってもおかしくはないのだ。

更にお染という女が、見晴らし茶屋の亭主と夫婦になってまだ日が浅いことも注目に値する。お染が行方知れずになったのは、半年ほど前ということだった。その後、お染が相州蓑毛の見晴らし茶屋の亭主の女房になったとしても、時期的には辻褄《つじつま》が合うのであった。あるいは、例のお染かもしれない。

だとすれば、蓑毛の見晴らし茶屋まで、出向いて行く必要があった。結果的には、お染を救出することにもなるだろう。しかし、お染を救い出すことが、目的ではなかった。当面の目的は、お染に二両の金と平打ちの銀簪を返すことにあるのだった。

危険は、承知の上である。蓑毛の見晴らし茶屋がどのような状態にあって、どう要害の地の利を得ているのか、詳しいことはわからない。しかし、そこに立て籠もっている連中がいかに手強《ごわ》いかは、久兵衛の話を聞いただけでも察しはつく。

小田原藩の藩兵が、一気に攻め込めないのもそのせいだろう。鬼面党の賊どもの恐ろしさについても、多くのエピソードが語り伝えられている。首領の夜桜の金蔵以下、村上一角、影法師の宗吉、大関の友治郎、天狗の市助と、いずれも名代の悪党だという。

赤い鬼の面をつけて出没するので、正確には顔を知られていない。だが、五人の名前だけは、天下に轟《とどろ》いていた。稀代の凶悪犯として、五年も追及を受けながら、逮捕されるどころか犯行を重ね続けて来たのである。その鬼面党が訴人されて追われ、蓑毛の見晴らし茶屋に立て籠もったのだ。

連中も死にもの狂いだろうし、二人の人質を確保しているのであった。食物や水が続く限り、鬼面党の抵抗はやまないだろう。近づけば、百パーセント危険なのに違いない。当然、死ぬことも考えられる。だが、そうしたことは、新三郎の念頭になかった。お染を救い出す成功率についても、新三郎はまったく計算をしていなかった。成功するかどうかは、どうでもいいのである。お染に二両の金と銀簪を返そうと努めることに生き甲斐を感ずるのであり、成功するか惨死するかを思案するのは二の次にしていいことだったのだ。

明日にでも相州大山道を蓑毛へ向かってみようと、新三郎は特に緊張感も覚えずに決めていた。もう一度、無双窓の外の銀色の夜景に目をやったとき、新三郎は異常な悪寒に襲われた。いつもの症状だとは思ったが、悪寒はすぐに去って心の臓を突き上げるような衝撃が早く来た。

新三郎は、低く呻《うめ》いた。急いで、手水場を出た。手水場で倒れて死にたくはないという気持が、無意識のうちに働いたのである。手水場を出ると、新三郎は板戸に凭《もた》れかかった。心の臓が、グイグイと締めつけられた。揉《も》まれるように痛む。とても、立ってはいられなかった。

新三郎は、板戸に背中を滑らせた。そのまま、廊下にすわり込んだ。呼吸ができなかった。息が止まりそうになり、意識が薄れ始めた。発作を起す度に感ずることだが、いまもこれで死ぬかもしれないと新三郎は思った。それならそれで楽なのだがと胸のうちで呟きながら、新三郎は顔の脂汗を拭った。

前が、真暗になった。新三郎は、気を失った。これまでになく激しい発作で、すぐには意識が回復しなかった。何かの物音と人声が、すぐ身近で聞えたような気配が新三郎を刺激した。新三郎の弛緩した四肢に、力がこもった。朦朧《もうろう》としながらも、新三郎は夢中で起き上った。

女の姿が、目に映じた。廊下に、女がうずくまっているのである。新三郎と久兵衛の部屋の前だった。部屋の障子と、裏庭に面した雨戸が一枚あいていた。新三郎は、静かに立ち上がった。女は浜屋の泊り客らしく、寝巻き姿であった。

「お助け下さいまし」

近づいて来た新三郎を見上げて、女が泣き出しそうな顔で言った。哀願する表情に、苦痛の色が見られた。寝巻が、赤く染まっていた。右の太腿《ふともも》の側面から、血が噴き出している。

「どうなすったんで……？」

新三郎は、女の傍にしゃがみ込んだ。

「手水場へ行こうとしてここまで来たら、この部屋から飛び出して来た男にいきなり刺されたんです」

女は恐る恐る、久兵衛がいるはずの部屋を覗き込んだ。

「男は、何人で……？」

新三郎は、黒雲の銀次の仲間である宿人足が意趣返しに来たのではないかと、直感したのであった。裏庭から雨戸をあけて侵入したことは、明らかなのである。

「わたしが見かけたのは、二人でした」

女は、左脚を投げ出した。寝巻の裾が、乱れている。薄暗い廊下で、女の足首からふくら脛《はぎ》、太腿にかけての白さが煽情的であった。二十五、六だろうか。地味な感じはするが、色白の美人であった。切れ長な目と、ふっくらとした唇に色気がある。

「道中人足ふうの、連中じゃあなかったですかい」

新三郎は荒々しく、女の右の太腿を剝《む》き出しにした。

「はい。裸も同然の、男たちでしたから……」

女は顔をそむけて、反射的に両手で腿の付け根の部分を押えた。右の太腿の刺し傷から、血が流れ出ている。新三郎は女の寝巻の裾を引き裂くと、それで太腿の傷口を強く縛った。

「野郎どもは、雨戸の外へ逃げて行ったんでござんすね」

新三郎は、部屋の中へはいって行った。久兵衛が壁際に頭を落して、大の字になっていた。右頸部と左胸に、刺し傷があった。噴き出した血が、薄団に大きなドス黒いシミを作っていた。右手、左腕、腹にまで鮮血が付着している。

久兵衛は、すでに絶息していた。みずから危惧《きぐ》していた通りに、久兵衛は宿人足たちからの報復を受けて殺されたのであった。宿人足たちは、かなり慌てていたようである。旅籠屋に侵入して泊り客を殺すのだから、冷静でいられるはずはない。

顔を見られたら最後、幾ら宿人足であろうと逃れることはできない。雲を摑むような雲助で、胡麻化すわけにはいかなかった。街道筋での悪事ならともかく、宿場での人殺しとなると雲助にも自由は利かないのである。それで、手早くすませることばかりを考えたのだろう。

雨戸をはずして廊下へ上がり、脇目もふらずに部屋の中に躍り込んだのだ。そのために、手水場の前に倒れていた新三郎の姿に気づかなかったらしい。二人の宿人足は久兵衛を殺したあと、今度は逃げることを焦ったようである。

新三郎の床の上に、匕首《あいくち》と鞘《さや》が別々になって落ちていた。一方が、凶器を投げ捨てて逃げたわけだった。しかも、廊下に飛び出したとたん、そこを通りかかった女をもう片方の宿人足がいきなり刺している。矢鱈《やたら》と突き刺したのであって、まったく意味のない犯行だった。

そのまま、宿人足たちは裏庭へ逃げたのであった。連中がいかに慌てていたかは、その犯行時間の短かったことでも明白である。旅籠屋の中は、未だに静まり返っていた。この騒ぎに、誰も気づいてはいないのだった。災難だったのは、ついでに刺された女であった。手水場へ行く途中に、とんだトバッチリを受けたのである。

その女が廊下を這《は》って行きながら、大声で人を呼んだ。あちこちの部屋が明るくなり、あたりが騒がしくなるまでに更に時間がかかった。怪我をした女は、十人ほど詰め込まれている相宿の広い部屋へ戻って行った。久兵衛の死骸をそのままにしておくために、新三郎もほかに部屋替えをした。

翌朝五ツ、午前八時すぎに、代官所の手代が出張《でば》って来た。問屋場の宿役人も立ち会って、久兵衛の死骸の検視が行われた。新三郎と太腿を刺された女が、簡単な取調べを受けた。久兵衛を殺した下手人に関しては、あまり積極的な詮索《せんさく》がなされなかった。それ以上に重大で、意外な事実が判明したからであった。

「美濃唐傘問屋、富田屋久兵衛か」

代官所の手代が、泊り帳付けと久兵衛の顔とを見較べながら、何度も首をひねった。しばらく考えてから、手代は一枚の人相書を取り寄せた。人相書を一瞥《いちべつ》して、手代は大きく頷いた。その顔色が、心持ち蒼褪《あおざ》めていた。浜屋の店先に集まっていた泊り客や野次馬たちが、固唾《かたず》をのんで手代の顔を見守っていた。

「間違いない」

代官所の手代が、弾かれたように腰を浮かせた。

「富田屋久兵衛などとは、真赤な偽りだ。人相、特徴すべてが、この御手配書と一致しておる。これなる男は鬼面党の頭《かしら》、夜桜の金蔵だ」

手代が、叫ぶように言った。まるで自分の手柄と錯覚したみたいに、手代は興奮状態にあった。人垣が揺れ動き、どよめきが広がった。人々が驚くのは、無理もない。鬼面党といえば、その五人組が蓑毛の見晴らし茶屋に立て籠もり、いまもなお世間を騒がしている最中なのである。

その鬼面党の首領、夜桜の金蔵が藤沢宿の旅籠屋で殺されたというのである。意外というよりも、信じられないことであった。誰もが、人違いだろうと不満そうな顔つきであった。なぜ、夜桜の金蔵だけが蓑毛を離れて、藤沢にいたのか。

夜桜の金蔵ほどの男が、宿人足風情に殺されるはずはない。人々は、そんな疑問を抱いたのである。しかし、新三郎は久兵衛が夜桜の金蔵であっても、おかしくはないと思った。新三郎は昨日のうちに、久兵衛の正体がただの商人でないことを見抜いていたのであった。

十人からの宿人足に取り囲まれて、顔色一つ変えずに平然としていられるのは、それなりの腕と度胸と貫禄を具《そな》えているためであった。それでいて、あくまで商人で通そうとしたのは、正体を知られたくない立場にあるからだった。

久兵衛はしつこく、新三郎のあとを追って来た。それは、人恋しかったからに違いない。悪党がひとり仲間から離れたときは、孤立感を覚えて道連れを欲しがるものだった。そうした場合、新三郎のような無宿人が最も安心して付き合えるのであった。

その上、久兵衛は鬼面党の連中について、詳しく知っていた。久兵衛が夜桜の金蔵だったという解釈は、十分に納得がいくのであった。しかし、久兵衛の正体が夜桜の金蔵であろうとなかろうと、新三郎にはどうでもいいことだったのだ。

新三郎はこれから、相州大山道を蓑毛に向かう。お染という女に、是非とも会わなければならない。そのためには、悪い連中が立て籠もる見晴らし茶屋に乗り込むことにもなるだろう。その悪い連中が鬼面党の五人組であってもなくても、新三郎には関わりないことなのである。

小仏の新三郎は、四ツに藤沢宿を立った。午前十時であった。三度笠を目深にかぶり、道中合羽に身を包んだ新三郎の姿は、いつもとまったく変わりなかった。リズムに乗った歩き方で遠ざかる表情のない後ろ姿には、生死を超越した人間の孤影が感じられた。生きるものの姿ではなく、一つの影であった。

東海道を、四ツ谷からそれた。北西に向かう相州大山道に、人影は見当たらなかった。春の相州大山道を往来する旅人は疎《まば》らであり、蓑毛に異変があると聞けば尚更のことであった。藤沢から四ツ谷までが一里、四ツ谷から田村川の渡し場まで二里だった。新三郎は九ツ、正午に田村川の渡し場についた。渡し場の手前で、新三郎は駕籠を追い抜いた。追い抜いてから、新三郎はチラッと振り返った。駕籠に乗っていた女が、はにかんだように目を伏せて笑った。昨夜、藤沢の浜屋で右の太腿を刺された女であった。

4

田村川の渡し舟は、船頭が気の毒なくらいにすいていた。土地の百姓が四、五人と、あとは新三郎と渡し場まで駕籠で来た女だけであった。女はしきりと、羞恥の風情《ふぜい》を示していた。昨夜は無我夢中だったので感じなかったにしろ、いまは冷静なのである。露《あらわ》にした下肢を見られた男と、意識するのは当然のことであった。

「昨夜はどうも、ありがとうございました」

女は菅笠と杖を膝の上に置き、顔を伏せたままで言った。

「どこまで、行きなさるんで……」

新三郎は船縁《ふなべり》に凭れて、水の流れに目を落した。川面に黒々と、三度笠をかぶった新三郎自身の影が映じていた。

「伊勢原でございます」

女が、白い歯を覗かせた。

「江戸から、おいでですかい」

「はい。お浅と申します。知り合いに頼まれて、奉公人を迎えに行くところなのです。わたしも、伊勢原の生まれなものですから……」

「そうですかい。昨夜は、とんだ災難でござんしたねえ」

「運が、悪かったんです」

お浅という女は、昨夜の恐怖を思い出したらしく肩を震わせた。お浅という女は伊勢原まで、江戸から奉公人を迎えに来たのであった。お浅自身も伊勢原の出身ということで、知り合いから頼まれたのに違いない。この時代の江戸の商家の奉公人、特に下女は房州と相州の女たちと相場が決まっていたのであった。

相州の女は、中でも伊勢原の出身者が多かった。当時の伊勢原地方はこれという産業もなく、生活のために娘たちは下女として江戸へ働きに出て行ったのである。時期としても天保以後は、毎年三月が新旧の下女の入れ替えどきだったのだ。

「ところで旅人《たびにん》さんは、どちらへ行かれるのですか」

気をとり直したように、お浅が顔を上げて言った。

「蓑毛まで、参《めえ》りやす」

新三郎は、川辺に続く菜の花の黄色い群れに見入っていた。

「蓑毛へ……？」

お浅は、顔を曇らせた。

「へい」

新三郎は、表情を動かさなかった。

「蓑毛での大変な騒動を、ご存じではないんですか」

「承知しておりやす」

「承知の上で……？」

「へい」

「何かあの騒動に、関わり合いをお持ちなんでしょうか」

「そういうわけじゃあ、ございません。あっしはただ、人質に取られているお染さんというお人に、会ってみてえだけなんです」

「お染さんの、お知り合いなんですね」

「さあねえ……。あっしが知っているお染さんかどうかは、会ってみねえとわからねえんでございんすよ」

「そうですか」

「おめえさんは、蓑毛の見晴らし茶屋のお染さんというお人を、知っていなさるんですかい」

「会ったことは、ございません。噂には、聞いたことがありますけど……」

「あちこちと流れ歩いたことがあるなんていう話は、耳にしなさらなかったですかねえ」

「さあ……」

「酌女だったなんてことは、どうでございんしょう」

「そこまで、詳しい話は知らないんです」

「桔梗の花が好きだとかは……？」

「あら、桔梗の花でしたら、わたしも大好きです」

思わずそう言ってしまってから、お浅は眩《まぶ》しそうな目をして笑った。女っぽくて、あどけなさが瞬間的にこぼれた。感じがお染に似ている、と新三郎は思った。あるいはお染もいまは、お浅のような雰囲気の女になっているかもしれない。新三郎は、そんな気がしてならなかった。

舟が、対岸の渡し場についた。お浅は痛みに顔をしかめて、立ち上がった。杖を頼りにしているが、右足は殆ど使いものにならなかった。歩くことも、満足にできない。新三郎が腕を貸してやり、お浅はやっとのことで舟から岸へと移った。

まもなく、田村である。田村には、旅籠屋らしきものがあった。だが、お宿承ります程度の旅籠であって、宿場の体裁《ていさい》はなしていなかった。もちろん、駕籠を利用することもできない。田村から伊勢原まで、二里の距離だった。お浅に、歩けというほうが無理であった。

「背中を、貸しやしょう」

新三郎は、お浅の前にしゃがみ込んだ。

「そんな、厚かましいことを……」

お浅は狼狽《ろうばい》したように、激しく左右に首を振った。

「遠慮は、いけやせんぜ」

新三郎はお浅に背を向けて、改めて腰を落した。そうしながら、柄にもなく女に親切な自分に、新三郎は呆れていた。お浅にお染の面影を見出し、桔梗の花が好きだという共通点を知っただけで、心が和《なご》んでいる自分が不思議であった。

「ですけど、お見受けしたところ、旅人《たびにん》さんはあまりお丈夫ではなさそうですし……」

お浅は、労《いたわ》るような目で新三郎の横顔を見守った。

「どうせ長くはもたねえ身体、だから扱《こ》き使ってやっても構わねえんでござんすよ」

「そうは、いきません。わたしも長くはない命と言われている身ですから、よくわかるんです」

「不治の病に、取りつかれてでもいなさるんですかい」

「持病なんです。幼い頃から咳《せき》がひどくて、一度発作が起るともう止まりません。あまり長生きは、できないそうで……」

「そうしたことでも、桔梗には縁がおありなんですね」

「はい、その通りなんです。あの青紫の桔梗の花が、好きなだけではありません。干した根が咳止めの薬によく効くことから、いつも世話になっている桔梗がわたしには親しみ深いのです」

お浅が、寂しそうな笑いを浮かべた。

「ここで動けずにいても、仕方がねえでしょう。さあ、おぶさっておくんなさい」

新三郎は、やや声を大きくした。お浅も同じように長生きのできない身体だとわかった以上、このままでは引っ込みがつかなかった。同病相憐れむの心境ではなく、同じ条件ならと意地を張りたくなったのである。しかし、その気持を裏返せば、お浅に対する親しみと変わりなかった。

「本当に、いいんでしょうか」

お浅が、困惑の表情で言った。

「構いやせんよ」

新三郎は、道中合羽の裾を引っ張るようにした。

「でしたら、お言葉に甘えて……」

お浅は躊躇《ちゅうちょ》しながら、新三郎の両肩に手をかけた。新三郎は、背中に身を寄せたお浅を軽々と持ち上げた。長身の新三郎に背負われると、お浅が小娘のように見えた。お浅は、新三郎の左肩に顔を伏せるように置いた。恥じらいもあったのだろうが、それよりも新三郎の三度笠を避けるためだった。

力には、自信があった。だが、心の臓に負担をかけることは、間違いなかった。例の発作が起らないとは、言いきれないのである。しかし、新三郎は少しも、気にかけていなかった。当然のことをしているように、思えて来るのであった。

お染を背負っているものと、錯覚しそうであった。顔を見なければ、お染であってもいいはずである。お染と、似通った雰囲気を持っている。同じように、桔梗の花が好きだという。それにお浅もまた持病があって、長生きはできないらしい。

お染は恐らく、健康なのに違いない。その点では、お浅とはっきり違っている。だが、新三郎自身とは、共通しているのである。それだけでも、お浅が見も知らぬ他人ではないように感じられるのだ。そこで捜し求めているお染と、親近感を持てるお浅との映像がダブるのかもしれなかった。

山が、近くなった。丹沢山地である。絵に描いたように形の整った大山の容姿が、最も目立っていた。次第に、小高い丘陵が多くなる。それだけ田畑が、少なくなるわけであった。道は、丘陵の間を縫うようにして続いている。思い出したように、点在する人家が目に触れる。鄙《ひな》びた風景だった。

背負っているのがお染だったらと、新三郎は何度か思った。伊勢原までお染を送り届けて、別れ際に二両と銀簪を手渡すことになるだろう。それから先の自分が、どうなるかはわからない。しかし、お染と再会して返すものを返せたというだけでも、充実感を味わえるような気がするのだった。

「重くは、ありませんか」

背中で、お浅が言った。

「大丈夫でござんす」

新三郎は歩きながら、背中のお浅を揺すり上げた。疲労感はなかった。だが、心持ち息苦しく感じられた。

「すみません」

「とんでもござんせん。実のところ生涯にただ一度、いいことをしているような心地なんですよ」

「まあ、大袈裟《おおげさ》な言い方ですね」

「笑ってやっておくんなさい。正直な話、手めえでも面喰らっているんでござんすよ」

「ただ骨折り損をしているだけなのに、ですか」

「骨折り損だなんて……。金銀財宝なら、幾ら重くても苦にはならねえでしょう」

「とんだ金銀財宝で、申し訳ないみたいですねえ」

「実のところ、嬉しいとか楽しいとかいう人心地は味わったことのねえあっしでした。ですが、いまはそれに近い気分でいるように思えてならねえんです」

「どうしてなんでしょうか」

「さあ……。あっしにも、よくはわかりやせん。長い間、捜し求めていた人に巡り合えたような、そんな気がしているんでござんす」

「長い間、捜して求めているというのは、お染さんと申される方ではないんですか」

「へい」

「何だか、女にとってはうっとりするような話の様子ですね」

「そんな色気のある話じゃあねえんで……。お染さんを捜し求めているのは、ただ借りたものを返して《けえ》えというだけのことでござんすよ」

「蓑毛の見晴らし茶屋で難儀をしていなさるお染さんが、その人だといいんですけれどちゃあ、おりやせんよ」

「多分、別人でござんしょう。当てがはずれることには、馴れておりやす。望みをかけねえ」

「そんな、悲しいことを……」

「滅法、空が青いじゃあござんせんか」

新三郎は、目を細めて空を見上げた。

「ですけれどねえ、旅人さん……」

お浅が、新三郎の耳許で沈んだ声を出した。

「蓑毛へ行かれても、無茶なことはなさらないで下さいよ」

「あっしはただ、お染さんというお人に会ってみるだけでござんす」

新三郎は、心の臓の鼓動が全身に響くように、高鳴っているのを感じた。

「そのために、見晴らし茶屋に近づいたりはしないで下さい。それじゃあ、まるで死ぬために出向いて行くようなものですからねえ」

お浅が、不安そうに言った。

「飛んで火に入る夏の虫、ですかい。あっしたちの死に様なんて、所詮《しょせん》はそんなものでござんすよ」

新三郎は暗い眼差しで、影が横にのび始めた路上を見やった。同時に、これ以上は口をきくまいと思った。喋ればそれだけ、心の臓に負担をかけるからであった。いつもとは違うが、悪寒らしきものがジワジワと背筋に忍び寄って来ていた。

しっかりしなくてはならないと、新三郎は自分を励ました。何としてでも、伊勢原までお浅を運んでやりたかったのだ。いまは、それだけが生きている張りというものであった。たとえ蓑毛の見晴らし茶屋に押し込められているのが例のお染でなくても、失望はしないつもりだった。

それよりも、こうしてお浅を背負っていることのほうに、充足感を覚えるのであった。新三郎はすでに、悪寒に襲われていることをはっきりと自覚していた。発作が始まるのであった。このまま、死んでもいい。だが、その前に何とかして、伊勢原に辿《たど》りつきたかった。

それには、あらゆる苦痛に耐えなければならなかった。顔を、脂汗が流れ落ちた。心の臓が破裂するような、激痛が一点に凝結していた。新三郎は、歯を食いしばった。足の運びが、急に遅くなった。身体が、左右に揺れ始めた。

「苦しいのでは、ないんですか」

と、お浅の声を、遠くで聞いたような気がした。新三郎は、黙って首を振った。視界が霞み始めた。新三郎は一歩々々を、ゆっくりと運んだ。なぜか普段は思い出しもしない故郷、武州多摩郡《ごおり》の小仏峠に近いあたりの情景が眼前に広がった。

前へ進むことに、新三郎は努めた。それが、生き甲斐のはずだった。背負っているのはお浅かお染か、と新三郎は混濁した意識の中でしきりと迷っていた。

5

意識を取り戻したとき、新三郎は庚申塚《こうしんづか》の前に横たわっていた。ぼんやりと見開いた目に、やや光を弱めた太陽が映じた。お浅の姿はなかった。新三郎はふと、胸の上に黄いろい花が置いてあるのに気づいた。一本だけ手折《たお》った菜の花であった。

もちろん、お浅がそうして行ったことである。菜の花を手折って、新三郎の胸の上に置いて行く。それは言葉よりも鮮明に、人間の心情を伝えるものだった。菜の花とは、限らない。花を置いて去る。その行為には、多くの意味が含まれるのであった。

お浅は、新三郎に礼が言いたかったのだ。また、人も呼べずに黙って立ち去ることを、詫《わ》びているのであった。同時に、短い縁で別れる者の心の余韻《よいん》を伝えたかったのだろう。一本の菜の花が、それだけのことを物語っているのである。

新三郎は、そこはかとなく匂うお浅の女らしさを、感じ取っていた。新三郎は、立ち上がった。心の臓は、正常に戻っている。お浅は消えた。お染と混同したお浅の存在は、一時の幻影にすぎなかったのだ。新三郎は、現実に立ち還ったのである。

蓑毛へ、向かうのであった。急がなければならない。そこには、お染という女がいる。その女へ直線的に、新三郎は行動を移すのであった。新三郎は、お浅が残して行った菜の花を右手に持った。どこにでも咲いている菜の花であった。

しかし、その菜の花が新三郎には、ひどく貴重なものに思えたのである。それは現実と幻の世界とを結ぶ、唯一の懸橋なのであった。その菜の花が守り礼の役割を果たすようにも、感じられるのだった。歩きながら新三郎は、自分の甘さに苦笑していた。

伊勢原の人家の密集地帯をすぎると、道はすぐ峠路のような風情を見せ始めた。丘陵を越える度に、大山が近くなった。山と丘陵と野原が眼前に広がり、雑木林と春草と土煙が新三郎の脇をすぎて行った。百姓家もみられなくなると、相州大山道の人の往来は完全に途絶えた。

伊勢原から一里で、子易であった。大山を振り仰ぐ位置まで来ていた。大山山麓であり、これから先の道は上りであった。新三郎の姿が、更に前屈みになった。この世にただひとりと思われるような人影は、かなりの早さで山道をのぼって行った。

子易から一里と十八丁の上りで、不動明王本殿の前に出る。日が西に、傾いていた。この先、石尊大権現までの道は勝手に歩けない。不動明王本殿から直接、山越えをするほかなかった。尾根伝いに行けば、蓑毛越えの道に出るはずだった。

蓑毛までは上り八丁、下り一里の道程であった。新三郎は、尾根伝いに歩いた。日が引き込まれるように、沈み始めている。間もなく、西の空が真赤に染まった。丹沢の山々が、黒く輪郭のはっきりした影となって波打っていた。

残光に輝く空を背景に尾根を行く新三郎の、三度笠に道中合羽のシルエットが鮮やかであった。やがて、蓑毛越えの道に合流した。一気にのぼりつめて、一里の下りへとはいった。蓑毛の見晴らし茶屋を認めるまでに、大した時間は要さなかった。

最初に目に触れたのは、百に余る高張り提燈《ぢようちん》の列であった。高張り提燈は半円を描いて、絶壁に近い崖を押し包んでいた。提燈の紋どころは、あがりふじの中に『大』の飾り文字がはいったものだった。大久保加賀守の紋どころであった。

見晴らし茶屋は、崖の途中の広い棚の上にあった。従って、茶屋の上も絶壁であった。道は標高八百メートルのヤビツ峠の中腹を通り、見晴らし茶屋の前を抜けて蓑毛に至るのである。現在はこの蓑毛に、丹沢林道が通じている。

高張り提燈の付近には、軽い具足をつけて鉄砲を担《かつ》いだ足軽が五十人ほど、見晴らし茶屋を見上げるようにして整列していた。中心部に、あがりふじに大の字の紋どころを染め抜いた陣幕が張ってあり、陣羽織をつけた武士が数人床几《しょうぎ》に腰を据えていた。陣笠をかぶった武士は、関東取締出役《しゅつやく》に違いない。

見晴らし茶屋より五百メートルばかり手前に、比較的大きな百姓家があった。その百姓家の前に、二十人前後の男たちが屯《たむろ》していた。いずれも土地の者で、老若の農夫であった。まだ完全に暗くなってはいなかったが、百姓家の前では三つの篝火《かがりび》が炎を噴き上げていた。

「待ちなせえ」

篝火の横を通り抜けようとした新三郎に、そう声がかかった。新三郎は、立ちどまった。農夫たちの視線が、新三郎に集中していた。その中央にいた五十年輩の男が、ゆっくりと前に出て来た。

「わしは蓑毛の村役だが、どこへ行きなさるんだね」

男が言った。村役人だというが、名主には見えなかった。組頭か百姓代に、違いなかった。

「へい。見晴らし茶屋へ参《めえ》りやす」

新三郎は、小腰を屈めた。農夫たちが一瞬、唖然となった。新三郎が見晴らし茶屋へ行くと、事もなげに言ったからである。

「とんでもないことだ。この騒ぎが、わからねえとでもいうのかね」

甚兵衛羽織を着た百姓代と思われる村役人が、ムッとしたような顔になった。

「無論、承知の上でござんす」

新三郎は、見晴らし茶屋のほうへ目を向けた。

「何のために、見晴らし茶屋へ行きなさるんだ」

「お染さんというおかみさんに、お目にかかりてえんで……」

「お染さんは、人質に取られている。たやすく、会えるものじゃあねえ。大久保さまの御家中の方々に来て頂いているが、未だに手出しもできない有様でな」

村役人は、滅相もないという顔つきで首を振った。

「その通りだがな、旅人《たびにん》さん。茶屋へ近づいたら容赦なく人質を殺すと、連中は昨日から喚《わめ》き続けているだ」

殆ど直角に腰の曲がった老農夫が、長い杖に縋《すが》って前へ出て来た。

「お染さんのほかにもうひとり、山田玄能先生という医者さまが人質に取られておってな。この玄能先生が大久保さまの御重役と姻戚《いんせき》の関係にあるので、人質を見殺しにしてはならねえと厳しいお達しがあった。そんなことで、無茶な真似は許されねえ」

村役人が、そう説明した。

「それに砦《とりで》みてえに回りを固めちまって、とても近づけるものではねえだ」

腰の曲がった老農夫が、見晴らし茶屋のほうを睨みつけるようにした。

「道も、塞がれているんでござんすかい」

新三郎が訊いた。

「北も南も道いっぱいに岩を積み上げて、すっかり塞いじまってあるだ」

老農夫が、そう答えた。

「崖の上から、茶屋の屋根へ降りることはできねえんでござんすかい」

「無茶な話だ」

「ほかに、茶屋へ近づく道はねえんでしょうか」

「ねえこともねえが……」

老農夫は、目を伏せて言い渋った。

「そいつを、話してみておくんなさい」

新三郎は膝頭に両手を置き、老人のほうへ身を乗り出すようにした。

「空井戸でな。見晴らし茶屋の初代の亭主が水を運び上げる手間を省くために、井戸を掘らせてみただよ。結局は、崖の下まで掘ってみて、水は出ねえということになっただが、その跡が未だにそっくり残っているだ。井戸の底が崖の下で裂け目になっていて、人ひとりが出入りできるくらいの穴をあけておるのだが……」

「どうして、そこから攻め入らねえんですかい」

「わざわざ、殺されに行くようなもんだからな。一度に何人もが攻め込めるなら話は別だが、ひとりがやっと通れるくれえの岩の裂け目だ。内側で待ち受けていられたら、ひとりずつ殺されてしまうに違いねえだ」

「その岩の割れ目は、ただ見張っているだけで……？」

「離れたところから、見張るというのが精々だろうなあ」

「立て籠もっているのは、何人ほどでござんすかい」

「鬼面党の五人組と、人質が二人だあね」

「鬼面党の五人が顔を揃えているのは、間違いねえんですね」

「そうとは、言いきれねえな」

老人は、村役人へ目を転じた。

「だが、四人は間違いなくいる。最初、岩を崖下へ投げつけてきたとき、四つの方角から岩が飛んだという話だったからな」

村役人は、深々と腕を組んだ。四人が顔を揃えているというなら、頷《うなず》けないことはなかった。鬼面党は、五人組である。だが、そのうちのひとり、夜桜の金蔵は昨夜殺されているのだった。残り四人が見晴らし茶屋に、立て籠もっていると考えるべきであった。

「いつまで、このままにしておくつもりなんですかね」

新三郎は、見晴らし茶屋に点《とも》った燈火に目を凝《こ》らした。燈火は屋外に、五つか六つ点されていた。屋内には、精々一つらしい。屋内を明るくしないのは、自分たちの動きを察知されないためである。屋外に多くの燈火を置いたのは、もちろん接近されることを防ぐのが目的であった。

「大久保さま御家中のお侍さまと、鬼面党のひとりが大声で話し合っていたようだが……」

村役人が、頼りなさそうに首をひねった。

「いつのことなんで……?」

「つい一時《いっとき》ほど前のことだった」

「話し合いは、ついたんでござんすか」

「ついたような、つかねえような……。どうも、はっきりしなくてな。大久保さまの御家中のお侍さまは、山田玄能先生さえ無事に返すようなら、鬼面党が相州を立ち退くということで目をつぶろうと約定《やくじょう》を持ち出しておられた」

「お染さんは、どうなるんですかい」

「お染さんのことは、諦めるよりほかはなさそうだ。大久保さまも関東取締御出役さまも、お染さんがどうなろうと知ったことではねえだろうからな」

村役人は、憮然《ぶぜん》とした面持ちで言った。

「その約定に、鬼面党のほうは応じたんでござんすね」

新三郎は、篝火から舞い上がる火の粉を目で追った。火の粉が消えるところは、すっかり暗くなった夜の空だった。

「それが、何とも煮え切らない返答でな。明朝六ツに、返事をするというわけだ」

村役人は点在する高張り提燈に、目を走らせた。

「二人の人質には、害は及んでいねんでしょうね」

「さあ……。昨日から山田玄能先生やお染さんの姿は、ただの一度も見られてはいない。それに、お染さんの場合は……」

「命はあっても、無事にすんじゃあいねえっていうわけですかい」

「相手は何しろ、死ぬ気でいる荒くれ男たちだからな」

村役人は、吐息《といき》とともに腕組みを解いた。そのとき、静寂を破って男の叫び声が響き渡った。

「お染っ！　お染よ、無事でいるか！　甲助だ！　お染！」

男の絶叫は闇を震わせて、近くの山々に余韻を残して消えた。言うまでもなく、甲助というお染の亭主であった。

6

新三郎は、見晴らし茶屋への道をゆっくりと歩いた。道は右へ、急カーブを見せていた。カーブ地点は、高い崖の真上であった。視界が開けている。広い夜空と、渺々《びょうびょう》と波打つ黒い山々が見えていた。空の一部と山の稜線だけが、銀色に染まっている。今夜も、朧《おぼろ》月夜であった。

崖っ縁《ぷち》に、男がひとり蹲《うずくま》っていた。頭と肩に、月の光を浴びていた。お染の亭主の甲助であった。その横に『見晴らし茶屋・この先三丁』と、札が立っているのが皮肉な感じだった。新三郎は、その男の傍に佇《たたず》んだ。甲助は、知らん顔でいた。

三十すぎの男だった。この土地の者ではなく、他所《よそ》から来て見晴らし茶屋を買い取ったのだという。顔半分が、醜く引き攣《つ》れていた。火傷の跡に違いない。他所から来て山越えの道で商売をする茶屋を買い取ったというのも、あるいはその顔の傷が原因になっているのかもしれなかった。

甲助は、虚脱したような顔でいた。無理もなかった。嫁にしてまだ間もないお染を、人質として取り上げられたのである。生きていられれば儲けものだし、何よりも苦痛なのはお染が手籠めにされている情景を思い浮かべることに違いない。

「いきなり声をかけて、失礼にござんすが……」

新三郎は、甲助に目を落した。放心状態にあるような顔で、甲助はぼんやりと新三郎を見上げた。

「お染さんのことで、ちょいとお尋ねしてえんですがね」

新三郎は右手の菜の花を、鼻に押しつけるようにした。甲助は、力なく頷いた。

「お染さんの生まれは、武州の深谷じゃあねえんですかい」

新三郎は表情のない声で、甲助の返事を待った。

「よく、ご存じで……」

一瞬、間を置いてから、甲助が唇を動かした。

「武州の深谷に、間違いねえんでござんすね」

「はい」

「こんなことを尋ねるのは何ですが、お染さんは以前、信州や上州、下総などで酌女をやっておいでじゃあなかったですかい」

「そんな話を、聞かされたことがございます」

「桔梗《ききょう》の花が、好きなのと違いやすか」

「はい。まったく、その通りで……」

「そうですかい」

あのお染だと、新三郎は口の中で呟いていた。まさか宿場女郎をやっていたかとは、訊けなかった。しかし、武州深谷の生まれ、各地を酌女として流れ歩いていた、桔梗の花が好きだという三つの条件に叶《かな》い、名前がお染なのである。それだけ揃っていれば、まず間違いなかった。

捜し求めていたお染だとわかっても、新三郎は別に嬉しくも悲しくもなかった。ここまで来た甲斐があったと、思っただけである。同時に新三郎は、お染を救い出さなければならないという義務感に捉われていた。二両と銀簪《かんざし》を返すには、お染と会わなければならない。お染と会うには、まず助け出さなければならないのである。

「案ずるには、ござんせんよ」

そう言って、新三郎は甲助に背を向けた。

「何ですって……！」

甲助が、腰を浮かせた。

「お染さんを、死なせねえつもりですよ」

新三郎は、背中で応じた。

「茶屋へ、乗り込もうっていうんでございますか」

「へい」

「殺されます！」

「覚悟しておりやす」

「死にたいんですか」

「生きていたくても、長くは生きられねえ身体なんでござんすよ」

新三郎は、歩き出した。歩きながら、菜の花の匂いを嗅《か》いだ。ふと、お浅のことを思い出した。飛んで火に入る夏の虫かと、新三郎は朧げな月を振り仰いだ。山と月、それしかなかった。

幼い頃の記憶に刻まれている、小仏峠の山の端にかかった月が目に浮かんだ。死んでもいいと、新三郎は怠惰な気持で考えていた。

新三郎は、今夜のうちに砦を急襲するつもりでいた。見晴らし茶屋は、掛け茶屋ではない。本格的な造りの一軒家であった。後ろは崖、茶屋の前を街道が走り、その下はまた崖であった。街道に岩を積み上げて、人の侵入を完全に封じているという。

食物、水、燈油は、かなりの貯えがあるらしい。ちゃんとした茶屋であれば、当然のことであった。そうなっては、砦と変わりない。人質を取られていれば、容易に攻め込むことはできなかった。しかも、二人の人質のうち山田玄能という医者は、何としても死なせてはならないのであった。

それで相州を立ち退けば、鬼面党の連中の逃走を認めるといった取引きまで持ち出したのである。取引きに対する回答は、明朝六ツに出されるという。ヤマ場は、今夜であった。お染は、取引きから除外されている。山田玄能とは、違っていた。お染の生死についてはお構いなし、というわけであった。

お染は、一介の商人の女房であった。それに、見晴らし茶屋の人間である。その安否など、最初から問題にされていなかった。鬼面党の連中はいずれにせよ、お染に害を加えずにいるはずはなかった。それで新三郎も、決行を急いだのであった。

砦の中へはいり込む口は、一カ所しかなかった。崖の下にあるという岩の割れ目だった。そこから、空井戸の底へ抜けるのであった。それも、派遣されている藩兵に、見咎《とが》められないようにしなければならなかった。見つかれば当然、阻止されるはずである。

新三郎は崖の斜面の、雑木林の中へ潜入した。斜面を少しずつ下りながら、南へと迂回して行った。やがて樹木が疎《まば》らになり、岩の多い山肌となった。五、六十メートル先に、五つばかり高張り提燈が並んでいる。数人の足軽たちが、鉄砲を手にして歩き回っていた。新三郎は木蔭から木蔭へと、素早く移動して行った。

間もなく、目の前に岩肌の崖がそそり立った。その根元に、割れ目ができていた。人間ひとりが通り抜けられるほどの幅で、中は真暗であった。新三郎は、長脇差を抜いた。割れ目の奥を、覗《のぞ》き込もうともしなかった。新三郎は逡巡《しゅんじゅん》することなく、一直線に割れ目の奥へ飛び込んだ。

特別な匂いもしなかったし、岩には湿り気もなかった。新三郎は、岩にぶつかった。広さが、そこまでなのである。同時に、新三郎は振り向いた。人の気配を、感じ取ったのだった。

「明かりだ！」

大きな声が聞えて、ガーンと反響した。それを待っていたように、頭上が明るくなった。空井戸の蓋が取り除かれて、龕燈《がんどう》提燈の光が注がれたのであった。反対側に、黒い人影が浮かび上がった。新三郎は、それに向けて突っ走った。

「何者ですかい！」

上から、野太い声が降って来た。それに答える余裕を与えずに、新三郎は黒い影に体当たりをした。道中合羽の内側から、長脇差が突き出された。長脇差は下腹部から、斜め上へと貫いたはずだった。相手の男は半ば刀を抜きかけたところで、全身を硬直させた。低く呻いただけだった。

「村上さん！」

野太い声が、そう呼びかけた。新三郎は、黒い影から離れた。黒い影は、前のめりに倒れ込んだ。浪人者であった。村上さんと、呼ばれていた。村上一角に、間違いなかった。新三郎は、くり抜かれた岩の壁に背を押しつけた。重いものを持ち上げるときの、いきむ声が聞えたからである。

「野郎！」

怒号とともに、葛籠《つづら》ぐらいの大きさの岩が落下して来た。地響きを立てて、目の前に岩が転がった。続いて二つ、三つと、同じような岩が落ちて来た。新三郎は、じっと動かなかった。岩が積み重なって、庇《ひさし》のように新三郎の頭上を守るという結果になっていた。

「どうでえ、友治郎」

遠くで、そんな声がした。

「これだけ岩を、投げ落したんだ。間違いなく、押し潰《つぶ》されただろうよ」

空井戸の中に響く声が、そう答えた。岩を投げ落したのは、大関の友治郎なのだろう。力士だっただけのことはある。大した力であった。何かを捜すように動いていた龕燈の光が、すっと消えた。新三郎は、菜の花を口にくわえた。積み重なった山を攀《よ》じ登った。

途中で、綱に飛び移った。一定の間隔を置いて結び目が作ってある即製の縄梯子《ばしご》で、それが空井戸の縁から垂れ下がっていた。縄梯子を、のぼりきった。頭上に、板があった。空井戸の蓋である。新三郎は、その蓋を頭で押し上げた。

隙間ができた。外を覗いた。空井戸は、土間の隅に位置しているらしい。右手に竈《かまど》が並び、薪《たきぎ》が山積みになっていた。左側には、水甕《がめ》が置いてあった。正面に、部屋が二つ見えた。左側の部屋には、大男がひとりでいた。胡坐《あぐら》をかいて、茶碗酒を呷《あお》っている。坊主頭であった。一応、手甲《てっこう》と脚絆《きゃはん》をつけていた。尻をまくり、長脇差を膝の上に置いている。はだけた胸元から、真黒な胸毛がはみ出していた。右側の部屋にも、男はひとりであった。二十七、八だろうか。色の青白い二枚目だった。

その男は、女を抱きかかえているようだった。上半身が障子の蔭に隠れているので、顔はわからない。投げ出された白い脚だけが、見えている。もちろん、お染である。男はニヤニヤしながら、障子の蔭に隠れた。女の口を吸っているのだろう。脚が絡《から》み合った。

油断をしている。飛び出すならいまだと、新三郎は判断した。新三郎は、空井戸の蓋をはねのけた。土間へ、飛びおりる。二つの部屋で二人の男が、殆ど同時に立ち上がった。度肝を抜かれ、愕然となったようである。

「この野郎！　何をこんなところへ、紛れ込んで来やがったんだ」

大関の友治郎が、長脇差を振り回しながら土間へ駆けおりて来た。小山が、押し流されて来るように見えた。新三郎は、右へ跳んだ。大関の友治郎が、慌てて向きを変えた。その顔へ、新三郎は薪の一本を投げつけた。薪は友治郎の顔に命中した。友治郎が、片手で目を押えた。

その一瞬に、新三郎は友治郎の脇を駆け抜けた。新三郎の脇差しが、鞘走った。両者がすれ違ったその直後に、大関の友治郎がぎゃっと叫んだ。左の脇腹を割られた友治郎が、尻餅を突くように後ろへ退いて行った。大男のせいか、多量の鮮血を勢いよく土間に撒《ま》き散らした。

友治郎は背中から、薪の山に激突した。薪の山が崩れて、八方に飛び散った。そのあとに、ひとりの男の死骸が横たわった。大関の友治郎は、もう動かなかった。新三郎が振り返ったとき、空気を裂く音がシュッと鳴った。同時に新三郎は、左の二の腕に灼けるような痛みを覚えた。

7

右側の部屋の中央に、色の青白い男が仁王立ちになっていた。左手に、五本ほどの手裏剣を握っている。右手にも一本持って、投げる構えを見せていた。すでに投げつけた最初の一本が、新三郎の左の二の腕に突き刺さっていた。

手裏剣の名手となれば、影法師の宗吉である。いま目の前にいるのが、その影法師の宗吉なのだ。新三郎は、無造作に長脇差を右手に提《さ》げていた。投じられた手裏剣を、長脇差で弾き返したり、はたき落したりする伎倆《ぎりよう》は持ち合わせていない。避けるのが精一杯であった。

それに新三郎は、もうひとりの殺気と攻撃体勢とを感じ取っていたのである。それは、新三郎の斜め後ろにいた。空井戸から、出て来たのに違いない。だが、そこに存在する人間の姿を、確認することができなかった。影法師の宗吉の手裏剣が、いつ飛んで来るかわからないのである。

影法師の宗吉の右手が、素早く動いた。間髪を入れずに、新三郎は土間へ身を投げ出した。転がった反動で立ち上がったとき、新三郎は空井戸の脇に立っている男の姿を目で見定めた。予想もしなかった男の、出現であった。

「おめえさんは……」

新三郎は柱の蔭に身を寄せながら、お染の亭主の甲助を凝視した。甲助は、長脇差を手にしていた。女房を助け出すために乗り込んで来たにしては、妙に落着き払っているという感じであった。

「お染の亭主の甲助と、言いてえところだが、そうもいかねえな」

甲助は、凄味《すごみ》のある笑いを浮かべた。あの放心状態にあった甲助とは別人のようであり、言葉遣いまでが違っていた。

「誰なんでえ」

新三郎が、表情のない顔で言った。

「甲助ならぬ市助さ。天狗の市助だよ」

天狗の市助が、ふんと鼻を鳴らした。

「この見晴らし茶屋の亭主が、鬼面党の一味だったとは、どういうわけなんでえ」

新三郎は、眉をひそめた。

「何もかも、長い間かかっての細工だったというわけさ」

土間に降り立った影法師の宗吉が、手裏剣を投げつけた。手裏剣は、新三郎が楯《たて》にしている柱に突き刺さった。

「おれがまず、この見晴らし茶屋を買い取って、亭主に納まった。なあ、宗吉」

市助は、宗吉と顔を見合わせた。

「そうよ。市助が嫁として迎えたことにしてあるお染は、実はお頭の夜桜の金蔵の女だったというわけさ」

宗吉が、ニヤニヤしながら言った。

「と言っても宗吉、夜桜の金蔵はもう、お頭でも何でもねえぜ」

「わかっているさ。夜桜の金蔵というのは、よくねえ男だったぜ。お頭のくせに、仲間を裏切りやがったんだからな」

「そういうことだ。夜桜の金蔵は五人で稼いだ三千両を、ひとり占めにしようと企みやがった」

「隠した場所が、この見晴らし茶屋の近くだということだけは、見当がついていた。ところが、ここだという肝心な隠し場所については、まったくわからねえ」

「その上、夜桜の金蔵は、おれたちを訴人しやがった」

「驚いた野郎だぜ。仲間を、売りやがるんだからなあ」

「仕方がねえっていうんで、おれが亭主になりすましているこの見晴らし茶屋に、みんなが立て籠もったと見せかけたわけだ。おれは見晴らし茶屋の亭主甲助ということで、ここを離れて間者になった。敵方の様子を探っては、夜中になると空井戸からここへ忍び込むという仕掛けさ」

「たまたまこの茶屋に居合わせた医者を人質にしたんだが、そいつが思わぬ大物とわかって、お蔭で大助かりだった」

「もうひとり、女房のお染も人質にされたということにしておいた。そのほうが、何かと好都合だからな」

「お染には、ほかに是非ともやらせてえことがあったのさ」

「夜桜の金蔵が仲間を裏切ったのは、新しく作った女にゾッコン惚れ込んで、手めえが可愛くなったためだ。それを金蔵の女だったお染が、許しておけるはずがねえ」

「金蔵が小田原から、江戸の女のところへ帰る途中だということはわかっていた。そこでお染がここを抜け出して、藤沢あたりで金蔵を待ち受ける。目当ては金蔵を殺すことと、三千両の隠し場所が記してある図面を手に入れることとさ」

「人質にされている茶屋の女房が、藤沢あたりで人殺しを働くとは、お釈迦《しやか》さまでもご存じあるめえよ」

影法師の宗吉と天狗の市助が、声を合わせて笑った。

「武州深谷の生まれで、桔梗の花が好きなお染っていうのは、嘘っ八だったわけかい」

新三郎が、溜息まじりに言った。

「おめえが勝手に何かと並べ立てるから、おれはただ調子を合わせておいただけだったんだよ」

天狗の市助が、嘲《あざけ》るように顎をしゃくった。新三郎は期待はずれだったことに、腹は立てなかった。新三郎が捜し求めているお染でなければ、それはそれでいいのである。物事も人間も心から信じたことはなかったし、裏切られることにも馴れている。

ただ話を聞いてみると、何から何までが馬鹿らしくて、新三郎はこの場に寝転がってしまいたくなった。鬼面党の五人組のうち、夜桜の金蔵は藤沢で殺された。天狗の市助は、見晴らし茶屋を離れていた。それでもあと四人いると見られていたのは、人質のはずのお染が鬼面党の協力者だったからなのだ。

「でもね。桔梗の花が好きだと言ったのは、決して嘘じゃあなかったんだよ」

女の声が聞えて、新三郎の目の前にチャリンと金属製のものが投げ出された。それは、変わった形の鉈豆煙管《なたまめぎせる》であった。藤沢宿の浜屋で、久兵衛つまり夜桜の金蔵が使っていた鉈豆煙管に、間違いなかった。そうと見定めてから、新三郎は女の声の主のほうへ目を向けた。

「わたしが、お染さ」

女は、艶然と笑ってみせた。お浅であった。新三郎の表情は、動かなかった。お染が金蔵を殺しに出かけたと聞いたときから、お浅がそうだったのだと見当がついていたのである。だが、いま改めてお浅と名乗ったお染の顔を見たとたんに、新三郎は言い知れぬ怒りを覚えた。

新三郎が捜し求めているお染でなかったことは、どうでもよかったし腹も立たない。しかし、あのお浅がいま目の前にいるお染であることは、どうにも許せなかったのである。なぜなのか、新三郎自身にもよくわからなかった。

お浅を背負って歩いたときの自分は、別人のようであった。これまでの渡世人、小仏の新三郎とはどことなく違っていた。それは決して、悪い気持のすることではなかった。だからこそ、新三郎は無理をして、お浅を背負ったまま歩き続けたのである。心の臓の発作で意識を失うまで、立ちどまろうとはしなかったのである。

新三郎はそれを、一時《いっとき》の夢、幻影と思いたかったくらいである。大切にしておきたかったのだ。それをいま、見事に打ち砕かれたような気がしたのであった。無宿の渡世人が生涯にただ一度見た夢を、あまりにもあっさりと取りあげられたことに対する激しい憤りだった。

「わたしはねえ、うまく金蔵を刺したつもりだったのさ。でも、さすがは夜桜の金蔵だよ。わたしの手から匕首《あいくち》を奪い取って、右の太腿を刺しやがったんだ。もう一度、止めに金蔵を刺してやったけど、廊下まで這い出るのがやっとのことだったね」

　お浅、いやお染は得意げに、ニンマリと笑って見せた。

「うまく、宿人足の仕業だと、話をすり替えたもんだぜ」

　新三郎は、左手で長脇差を握っていた。その左の二の腕に、そっと右手を近づけた。

「それだって、お前さんが勝手に宿人足の話を持ち出してくれたので、わたしもただ調子を合わせただけなんだよ」

　お染はそう言って、影法師の宗吉にぴったりと寄り添った。

「この唐変木が一角の旦那と、大関の友治郎を消してくれたんだぜ。お蔭で、三千両は三人で分けることができるというもんだ」

　影法師の宗吉が、お染の肩を抱いた。その宗吉に狙いをつけて、新三郎は左の二の腕から抜き取った手裏剣を投げた。手裏剣は、宗吉の喉に突き刺さった。宗吉は吼《ほ》えるような叫び声を発しながら、それでも長脇差を抜き放った。今度は、お染が悲鳴を上げた。よろけた宗吉の長脇差が、お染の下腹に深々と埋《うま》ったのである。

　新三郎は柱の蔭から飛び出すと、天狗の市助に向かって走った。新三郎の長脇差を、天狗の市助が弾き返した。新三郎は半転して、宗吉の正面から長脇差を振りおろした。

赤い直線が、宗吉の顔を割った。新三郎は振り向きざまに、市助の脇腹へ長脇差を叩き込んだ。市助が横転した。

その市助に駆け寄ると、新三郎は逆手に持ち変えた長脇差で心の臓のあたりを一突きにした。四肢を痙攣《けいれん》させた市助は、すぐに動かなくなった。新三郎は、お染の顔を見おろした。その死に顔は、新三郎に背負われていたときのお浅であった。

「お浅さんで、いてくんねえ」

そう呟くと新三郎は、くわえていた菜の花をお染の顔の上にポトリと落した。次の瞬間、新三郎は身を翻して空井戸のほうへ走って行った。

「助けてくれ！　誰か、おるのではないか」

奥から、そんな声が聞えて来た。山田玄能という医者に違いなかった。しかし、新三郎は頓着せずに、井戸の底へ降りて行った。それから間もなく蓑毛から相州大山道を藤沢へ戻って行く新三郎の姿が、ヤビツ峠の中腹に見られた。朧月夜の柔らかい明るさの中で、小仏の新三郎は無表情であった。

地獄を嗤う日光路

1

蟬《せみ》が、鳴いているだけであった。無気味な静けさが、その小さな寺の境内を重苦しい雰囲気にしていた。街道のすぐ脇にある古い寺だった。朽《く》ちかけて扉もなくなった山門も、形だけの存在であった。本堂や庫裡《くり》も、荒れ放題である。廃寺と、変わりなかった。せまい境内は、子どもたちの遊び場としての役目しか果たしていなかった。

ただ、境内を押し包んでいる杉木立ちだけが、見事なものだった。樹齢数百年とも思える杉の古木が、鬱蒼と空を被っていた。その梢は天を突き刺すように高く、太い幹が隙間を作らずに立ち並んでいる。それは壁のように、寺の境内を囲んでいた。山門を潜《くぐ》り抜けなければ、境内にあるものを目で確かめることはできなかった。

そのことが、あるいは夜明けの人殺しを容易にしたのかもしれない。誰の目にも触れずに二人の男が刺し殺されるとすれば、それは夜間の出来事に限られる。何しろ街道から、十五メートルと離れていないところなのだ。七ツ、午前四時をすぎた頃から、街道には人の姿がチラホラし始める。

明け六ツ、午前六時ともなれば、街道は旅人たちの往来で賑《にぎ》わうのであった。山越えの多い脇街道ならともかく、当時の日光道中となると第一級の主幹道路だったのだ。そうした主幹道路を五街道と称しているが、幕府の公文書には『道中』という言葉で表現されている。

東海道と中仙道はそのままだが、あとの三本は日光道中、甲州道中、奥州道中となっているのだ。それらより格が下がる脇往還に『街道』を使っている例が見られる。旅人の往来が激しいのは何と言っても東海道だが、日光道中はそれに次いで盛っていたのであった。

日光道中は、千住から鉢石までの三十三里で、宿場の数が二十一宿ある。主な宿場を拾うと、千住から越ヶ谷、粕壁、幸手、栗橋をすぎて常陸川を渡り、古河、小山、新田《しんでん》を経て壬生《みぶ》道と分かれ、石橋、宇都宮で奥州道中との分岐点に達し、下、中、上の徳次郎、大沢、今市、鉢石と行き日光に至るのである。大沢から先は、東照宮御神領であった。

その日光道中の粕壁をすぎて、一里ほど北へ行ったあたりである。もう三十丁も歩けば、杉戸の宿だった。夜が明けきって、日射しが注ぎ始めたとたんに蟬が鳴き出した。

今日も、暑くなりそうだった。この数日間は、夕立も降らなかった。道は黄色く、埃《ほこり》っぽい。樹木の緑も、生き生きしているのは朝のうちだけだった。日中は、道端の雑草までが、グッタリとしている。夕闇が濃くなる頃に、草木はようやく蘇生するのであった。空の青さが恨めしくなり、銀色の積乱雲に雷雨を期待する日々が続いている。牛馬を見かけると、旅人たちは舞い上がる埃を気にしなければならなかった。自分たちが歩くだけでも、地上に落ちた影が黄な粉をまぶしたようになるのである。弘化元年の九月は、まるで秋の訪れを忘れているようだった。

一日の道中が始まって間もないというのに、うんざりしたような顔が多く見られた。自分に対する口実や弁解が見つかり次第、すぐにでも一休みしたいという足どりだった。それだけに、その小さな寺の境内で見つかった二つの死骸は、通りかかる人々の殆どの足を引きとめたのであった。

もちろん、野次馬根性や好奇心が、そうさせるのである。だが、その出来事は同時に、一休みするための口実や弁解にもなったのだった。密生した杉の大木が、境内の大部分を日蔭にしていた。緑が日射しを遮《さえぎ》った薄暗さは、見た目にも涼しさを感じさせるものであった。たちまち人垣が築かれて、せまい境内はいっぱいになった。

殺されているのは、二人の男であった。四十前後の、百姓という感じである。手甲脚《てっこうきゃ》絆《はん》に草鞋《わらじ》ばきで、小さな荷物を背負っている。道中支度だった。二人とも、仰向けに倒れていた。ひとりは背中を、もうひとりは胸を刺されている。血まみれになった死骸には、すでに蠅が群がっていた。

恐らく七ツの早立ちをして、この寺の前の街道にさしかかったとき、呼び止められたのに違いない。最初から刃物で脅されて、寺の境内へ連れ込まれたのだろう。そこで、いきなり刺し殺されたのだ。抵抗の余地は、まったくなかったらしい。その証拠に、死に顔が少しも醜くなかった。

寄り道をした旅人たちは、ただぼんやりと死骸を眺めやっているだけであった。別に、驚くほどのことではないのだ。道中で、こうした災難に遭う。殺されたのを災難ですましてしまうほど、特別珍しいことでもないのである。旅人たちも、明日はわが身かと考えてもみないのであった。

汗を拭ったり、懐に風を入れたりしながら視線を二つの死骸に集めている。さすがに笑っている顔はないが、あくまで無感動な面持ちであった。完全な廃寺なのか、住職の姿も見当たらなかった。名主か組頭か村役人を、呼びには行っているのだろう。死骸の傍に死骸の発見者と思われる土地の百姓が三人、しゃがみ込んでいるだけだった。

「妙なことだなあ」

「まったくだ。何のために、こんな酷《むご》いことをしたんだべ」

「何もねえのに、人を二人も殺したりするはずはねえしなあ」

「この通り、懐中物には手をつけていねえし……」

三人の百姓が、そんな言葉を交わしながら首をひねっている。死骸の上に、財布、胴巻きなどが置いてあった。死人の身許を調べるために、百姓たちが懐中物を引っ張り出したのである。

「これじゃあ、どこの誰なのかさっぱりわからねえ」

「村役さまも、お代官陣屋へお届けのしようがねえだろう」

「手形だけ、盗んで行くとは、まったく変わった追剝だなあ」

「手形欲しさに、この二人を殺したんじゃろうか」

「さあ……。手形だけ盗んだところで、何の役にも立たねえだろう」

「銭はもとより、金目のものには一切手を触れてねえんだから……」

そうした百姓たちのやりとりにも、人垣を築いている連中は興味を示さなかった。誰が何のために、二人の旅人を殺したのか。そんなことは、どうでもいいのである。もっと極端に、関心を持とうとしない男もいた。その渡世人は、山門の横の崩れた石垣に凭《もた》れかかっていた。

人垣のほうを、振り向こうともしなかった。もちろん、死骸も見ていない。要するに、日蔭で一服しているという恰好だった。崩れた石垣は苔むしていて、しっとりと冷たそうである。その感触を背中に捉えて、渡世人は軽く目を閉じていた。疲れきったという顔つきだった。

二十八、九歳に見えた。長身だが、骨と皮だけというように痩《や》せている。顔色が、青黒かった。憔悴しきった病人という感じで、目だけが潤んでいるようにキラキラ光っていた。眼窩《がんか》が窪《くぼ》み、頬はゲッソリと削《そ》げ落ち、鼻が目立って高い。凄味が感じられるほど、鋭角的な顔であった。

唇が乾ききって、ヒビ割れていた。口許が引き締まっているので、だらしなくは見えないが、息を吐くのも大儀そうであった。隙間だらけの痛んだ三度笠をかぶり、黒の手甲脚絆をつけていた。振分け荷物などは、持っていなかった。その代わりに破れ雑巾みたいになった道中合羽を小さく丸めて、荒縄で縛ったのを肩に担いでいた。

頑丈そうな半太刀拵えの長脇差を腰にしているが、その重味が半病人の渡世人にはかなり負担になっているはずだ。黒塗りの鞘《さや》を固めている鉄環と鉄鐺《てつこじり》が、赤く錆《さ》びている。月代《さかやき》と無精髭がのびていて、薄汚れた渡世人の姿を一層惨めなものにしていた。ただ一つだけ、およそ相応しくないものを身につけているのが目についた。

簪《かんざし》である。先端が耳かきになっていて、その下が銀貨ほどの円形の板、それから先は二本の脚に分かれている。銀の、造りだった。平打ちの銀簪で、渡世人はそれを髷《まげ》の後ろに斜めに刺していた。目深にかぶった三度笠が、思い出したように吹いて来る風に揺れている。渡世人はそのまま眠ってしまいそうなくらいに、疲労困憊《こんぱい》している様子だった。

突然、街道のほうが騒がしくなった。南の方角から、何人かの男女が走って来る気配だった。女の悲鳴と男の怒号が、重なって聞えた。若い娘がひとり、血相を変えて駆けて来る。それを追って、三人の宿人足が大声で何やら喚《わめ》いている。雲助とも呼ばれる性悪な宿人足であることは、朝酒を喰らっているらしい赤ら顔を見て一目でわかる。

寺の境内にいた連中が、一斉に振り返った。動こうともしない死骸より、街道の色気がある騒ぎのほうに興味をそそられたのだろう。その渡世人だけが、相変わらず知らん顔でいた。目を開こうともしなかった。逃げて来た娘が、山門の前で転倒した。草履《ぞうり》の鼻緒が、切れたのである。

十七、八の色白の娘であった。当たり前の装りをしている。旅人ではなかった。近くの宿場に、住んでいる娘なのに違いない。もんどり打って転がったので、着物の裾が腰のあたりまでまくれてしまった。腰巻も割れて眩《まぶ》しいほどに白い太腿が露《あらわ》になり、円い尻の一部分までが顔を覗《のぞ》かせた。

しかし、若い娘の羞恥心もいまは、恐怖のために麻痺しているようだった。娘は着物の裾の乱れを直そうともしないで、そのまま地面を這《は》いずって逃げた。立って走ることを忘れるほど、娘は慌《あわ》てていたのだ。街道からそれて、山門の前の石畳を娘は這って来た。だが、山門を潜ったところで、宿人足たちに追いつかれたのだった。

三人の宿人足は、娘を取り囲んだ。真黒に日焼けした身体に、お世辞にも白いとは言えない褌《ふんどし》をつけているだけである。頭に手拭いで頬かぶりか鉢巻きをして、草鞋をはいている。それぞれ息杖を地面に突き立てて、酒臭い息を吐いていた。泣く子も黙るような形相で脅しながら、宿人足どもの口許は淫猥に綻《ほころ》びかけている。

「堪忍して下さい」

娘が蒼白な顔で、宿人足たちを振り仰いだ。

「おめえ、どこの者だ」

目立って背の高い宿人足が、息杖で娘の背中を押しこくった。

「杉戸へ帰るところです」

娘が、泣き出しそうに震える声で答えた。

「勘弁するわけにはいかねえよ」

娘の足許に立っていた宿人足が、髭の濃い顔を手で撫《な》で回した。その目が、娘の臀部に向けられている。

「そうよ。この息杖ってのはな、おれたちの魂みてえなものだ。サンピンの刀と、変わりねえのよ。その大事な息杖を、おめえが蹴倒したんだぜ。詫びりゃあ、すむってことじゃあねえやい」

片手に一升徳利を提げている宿人足が、足の先で娘の顎《あご》を持ち上げるようにした。

「つい、うっかりして躓《つまず》いてしまったんです。だから……」

哀願するように、娘は両手を合わせた。

「駄目だな」

大男の宿人足が、ゆっくりと首を左右に振った。

「どうせ、まとまった銭なんか、持っちゃあいねえだろう。だから、おめえのその身体で、償ってもらおうじゃあねえか」

一升徳利を手にした宿人足が、ニヤニヤしながら言った。

「それだけは、堪忍して……」

娘は、急いで起き上がろうとした。だが、背中に突き立てられている息杖が、そうはさせなかった。娘は身悶《みもだ》えて、ますます着物の乱れをひどくするだけだった。寺の境内には、三、四十人からの男がいた。しかし、娘のために口をきいてやろうとする者はひとりもいなかった。

傍観者に、なりきっていた。相手が、悪すぎたのである。道中では宿人足と喧嘩の売り買いをするなということが、心得の一つになっているくらいだった。宿人足は、それほど恐れられている存在であった。旅人たちは、その点をよく承知しているのである。

宿人足のほうも、そういうものだと決めてかかっている。それで、誰が見てようと気にもとめなかった。傍若無人に振る舞い、それを得意がってもいるのだった。怖いもの知らずである。

「おめえの名は、何てえんだい」

髭の濃い宿人足が、わざとらしい猫撫《ねこな》で声で言った。

「お、お染です……」

娘はやっとのことで、紫色になった唇を動かした。それと同時に、石垣に凭れかかっていた渡世人が、うっすらと目を見開いた。お染という娘の名前が、眠っていた渡世人の感情を呼び起したといった感じであった。

「お染ちゃんかい。そんならお染ちゃん、可愛がってやるぜ」

足許にいた髭の濃い宿人足が、いきなりお染という娘の着物の裾を帯から上へとはねのけた。下半身が、剝《む》き出しになった。娘が、キャッと叫んだ。髭の濃い宿人足は両膝を突くと、お染という娘の尻の上にのしかかった。人目も憚《はばか》らずこの場で、それも畜生みたいに背後から娘を凌辱するつもりなのである。

「助けて！」

のび上がるようにして、娘が両手を前に差し出した。その背中に、髭の濃い宿人足が被いかぶさった。両手で、娘の腰をかかえ込んでいる。もう二人の宿人足が、じっくり見物するというように、ニタニタ笑いながらしゃがみ込んだ。娘の尻の割れ目に、醜怪な肉塊が埋没しかかっていた。

その瞬間、渡世人の目がキラッと光った。いつ渡世人の右手が、髷の後ろへ走ったのか見たものはいなかった。目にもとまらない早さで、渡世人は髷の後ろに刺してあった簪を抜き取っていた。その右手が、打ち振られた。簪が銀色の閃光となって、娘にかぶさっている宿人足の首筋へ飛んだ。

「ぎゃっ……！」

奇声を発して、髭の濃い宿人足が大きくのけぞった。簪の二本の脚の先は、刃物と変わりなかった。鋭く、尖っている。その平打ちの簪の二本の脚が、宿人足の首筋に深々と突き刺さったのである。二人の宿人足が、弾かれたように立ち上がった。怒りの視線が、渡世人へと走った。

「野郎！」

「何をしやがる！」

二人の宿人足は、息杖を振りかざして渡世人に迫った。境内にいた連中が、慌てて後退した。

「でけえ声で、喚きなさんな。武州無宿、小仏の新三郎、逃げも隠れも致しやせん」

渡世人が、表情も動かさずにそう言った。

「叩っ殺してやる!」

「くたばれ!」

殆ど同時に、二人の宿人足が息杖を振りおろした。渡世人は、崩れた石垣から背中を離しただけだった。そのとき、すでに渡世人の長脇差は鞘走っていた。長脇差に弾き返された二本の息杖が、宙に舞い上がって山門の屋根瓦の間に突き刺さった。渡世人の長脇差が、右と左を往復するように流れた。

二人の宿人足は、それぞれ脇腹に強烈な峰打ちの一撃を喰らっていた。大男のほうは背中から山門の柱にぶつかり、そのまま地面に尻餅を突いた。山門がグラグラと揺らいで、屋根瓦が次々に降って来た。もうひとりは石畳の上を転がり、粉々になった一升徳利の破片と飛び散った酒の中で動かなくなった。

渡世人は、まだ娘の上に乗しかかっている宿人足のほうへ歩を運んで行った。宿人足は苦痛のために、動けずにいるのだった。渡世人は手をのばすと、宿人足の首筋に埋まっている簪を無造作に抜き取った。宿人足が、殺されそうな声で悲鳴を上げて、娘の上から転がり落ちた。

渡世人は木の葉で血を拭い取ると、平打ちの銀簪を元通り髷の後ろへ斜めに刺した。そのまま渡世人は、半病人らしい力のない足どりで、街道のほうへ歩み去って行った。

2

お染という娘は、小仏の新三郎との間隔を三メートルほどに保って、ずっとあとを追って来た。新三郎は、やっと歩いているという状態だった。女の足でも、追い抜こうと思えば簡単にそうできるのである。しかし、お染という娘は、新三郎を追い越そうとはしなかった。

何か、話しかけたいのに違いない。多分、助けられたことで、礼が言いたいのだろう。だが、そうするのが、照れ臭いのである。あられもない姿を見られていることに、いまになって拘泥《こうでい》しているのだ。若い娘であれば、恥じらうのが当然かもしれない。恐らくお染は、人目を避けて杉戸まで帰りつきたいという心境のはずだった。

それに、新三郎が知らん顔でいることも、お染が気安く声をかけられない理由の一つになっているのだ。新三郎は、お染に気づいていて、振り返ろうとはしなかった。億劫《おっくう》だったのである。助けてやったことで、別に礼を言われたいとは思わない。お染という名前には興味があっても、その点を除けば単なる通りすがりの娘にすぎないのであった。

それよりも、心臓を握り潰されるような苦痛のほうが、新三郎には気がかりだった。それは、新三郎の持病であった。甲州街道の小仏峠にほど近い生まれ故郷の寒村を捨ててから、二年後に初めて新三郎は心臓発作を経験した。まだ、二十になる前であった。それ以来、新三郎の持病となったのである。

いつもそうだが、まず激しい悪寒に襲われる。その直後に、心の臓の動きが止まるような衝撃が来る。それから心の臓を握り潰すように締めつけが起り、呼吸困難に陥るのであった。経過は一定しているが、人事不省あるいは意識を失うといった状態にまで至ることも珍しくはなかった。

定期的に繰り返される心臓発作は、次第にその間隔を縮め、胸が破裂しそうになる苦痛も激しさを増して行った。二日に一度が、いまでは一日に数回ということもあった。医者に、かかったこともある。しかし、手の施しようがないということだった。医者は、長くは生きられない、とだけ言った。いつ、この発作で死ぬかわからないと、新三郎はもうずいぶん前から覚悟だけはしていたのだった。

だが、どうやら覚悟だけではすまされないときが、やって来たようであった。この二、三日前から、心の臓を揉《も》まれるような症状が続いているのである。一時的な、発作ではなかった。最悪の状態になったらしい。心の臓に寿命が来たのだと、新三郎はすでに死が間近いことを察知していた。

何とかそれまでに捜し求めるお染にめぐり会いたかったが、とても無理な話だと新三郎は諦めていた。六年近く捜し歩いていて、会うことのできないお染なのである。それが、この数日のうちに、見つかるはずはないのであった。いつ死んでも惜しい命とは思わないが、お染に会えずにこの世に別れを告げることだけが心残りだった。

お染の顔は一度しか見ていないが、いまでもはっきりと記憶に刻み込まれている。六年前の出合いが、ついこの間のことのように思えてならない。場所は、野州矢板の近くであった。そのときも新三郎は、激しい心臓発作を起して、道端の草むらの中へ倒れ込んでいたのだった。苦痛が去ったあとも、しばらくは動けなかった。

そこへ、若い女がやって来たのだった。十七、八に見えた。色白で目のパッチリした愛くるしい顔をしていた。それでいて、妙にくずれた艶っぽさが感じられた。若いくせに、男好きのする色気を持っていた。水商売の女と、一目で知れた。それが、お染だったのだ。

「青い顔をして……。何日も、飲まず食わずで過したんだね」

お染は新三郎の顔を覗き込んで、大人びた口のきき方をした。新三郎の外見や風態から、お染は飢えたための行き倒れと察したのだった。しばらく考え込んでいたお染は、小さく頷くと小さな財布を取り出した。

「酔狂なお客に、もらったんだよ」

お染はそう言って、財布の中から小判を二枚抜き取った。

「これも、わたしのお尻ばかり撫でたがる客が、無理にくれたものさ」

お染は髷に手をやって、平打ちの銀簪を引き抜いた。その簪と二枚の小判を、お染は新三郎の胸の上に置いた。一文なしだっただけに、新三郎はお染の親切が身にしみた。

「すまねえ」

新三郎は、弱々しい声で言った。

「いいんだよ。ひもじいっていうのは、辛いことだもの。わたしも身に覚えがあるから、よくわかるんだよ」

お染は、寂しげな笑顔を見せた。

「おめえさんの、名が知りてえ」

新三郎は、お染を見上げた。

「お染っていうんだよ。生まれは武州の深谷だけど、いまじゃあ矢板宿の小料理屋の酌女さ」

「お染さんかい」

「じゃあね、食べたいものを食べて、ゆっくり養生するんだよ」

お染はニッと笑って、小走りに去って行った。お染とは、それだけの仲だった。半年後に新三郎は、矢板宿を訪れた。お染に会って、二両と簪を返すためであった。恵んでもらった二両は使い果したが、平打ちの銀簪のほうは手放さなかったのである。

お染が働いていたという小料理屋は、すぐにわかった。しかし、肝心なお染は、もうそこにはいなかった。お染に惚れ込んだ客に、強引に連れ出されたという。その日から、お染を捜し求めての、新三郎の流れ旅が始まったのである。

新三郎は銀簪を髷の後ろに突き刺し、常に二枚の小判を腹巻の内側に押し込んでいた。たとえ博奕《ばくち》で一文なしになろうと、旅籠《はたご》代に困窮しようと、その二両だけには絶対に手をつけなかった。いつお染に会えるかわからないし、そのときはすぐに二両と簪を返さなければならないからだった。

しかし、お染にはなかなか、めぐり会えなかった。噂を耳にするだけで、いつも一足違いになるのだった。信州の沓掛《くつかけ》、東海道の三島、相州の小田原、上州の玉村、野州の宇都宮、下総の銚子、上総の木更津、遠州の中の町、相州の神奈川と新三郎はお染を追って道中を重ねたのである。

すべて、徒労に終わった。いつの間にか、六年近い歳月が流れていた。二両の金と簪を返すことだけのために、六年も流浪の旅を続けている。しかも、相手は酌女から宿場女郎にまで、堕ちた女であった。世間一般から見れば、何の値打ちもない女なのである。

傍目には、酔狂な閑つぶし、馬鹿正直な男の執念として映ずるかもしれない。しかし、新三郎にはそれだけが、短い命を燃焼させる唯一の生きる張り合いだったのだ。二両の金と簪を恵んでくれたのは、お染のほんの気紛れだったのかもしれない。

だが、情けには違いなかった。生まれて初めて知った人の情けであるだけに、新三郎はどうしてでもその借りをお染に返したかったのであった。いや、人の情けでなかったにしろ、新三郎の気持には変わりないのだ。借りを返さずに、死んで行きたくはなかったのである。お染のほうは、新三郎のことなどとっくの昔に忘れているだろう。

それでもよかった。新三郎の一方的な意志で、やっていることなのだ。しかし、果してその意志を通すことができるかどうか、疑わしくなって来たのであった。わかったのは、お染は桔梗《ききょう》の花が好きだということだけなのである。

いまはお染の消息について、何の手がかりもない。相州神奈川宿の河内屋という旅籠で、お染の話を耳にしたのが最後であった。河内屋を訪れたのが、今年の三月のことだった。そこで、お染が半年前に身請けをされたという話を、聞かされたのである。

お染は気のいい老人に身請けさせておいて、数日後にはドロンを決め込んだという。折角、宿場女郎の身洗いの式まですませたのに、お染はどんなつもりでどこへ逃げたのだろうか。いずれにせよ、お染は一年前からプッツリと消息を絶っているわけである。

捜しようがなかった。噂すら聞けないのでは、見当をつけることもできない。心の臓の持病が悪化したのも、そのせいではないかと新三郎は思った。たった一つの生き甲斐を、失ったからである。男というものは生きるための張りをなくすと、急に身体の工合が悪くなり、ポックリ死んでしまったりすると人の話に聞いたことがあった。

二両の金と平打ちの銀簪を、お染に返す。そのことだけのために、短い命を費して来たようなものだった。だが、お染を捜し出すことを、断念しなければならなくなった。ほかに期待することは、何もない。そうなって、執念で燃え続けて来た命の火が、いま消えようとしているのではないか。

「もし、親分さん……」

お染という娘が、我慢しきれなくなったように声をかけて来た。お染は、新三郎のすぐ後ろにいた。新三郎は、肩越しにチラッと振り返った。声をかけるのに余程の勇気が要ったらしく、娘は思いつめたようにひたむきな面持ちでいた。しかも、新三郎と目が合うと、お染は恥じ入るように顔を伏せた。

「どうも、ありがとうございました」

お染は、歩きながら頭を下げた。

「礼には、及びやせんよ」

新三郎は、心の臓のあたりを押えた。一段と、痛みがひどくなったのである。

「でも、本当に……」

お染はふと不安そうに、新三郎の横顔を覗き込んだ。

「どうしてもというなら、あっしじゃあなくて、おめえさんの名に礼を言っておくんなさい」

新三郎は、視界が霞んだように遠のくのを感じた。脂汗が、じっとりと滲み出て来る。新三郎の上体が、ガクッと横に傾いた。反射的にお染が駆け寄って、新三郎の身体を支えた。名前に礼を言えということの意味は通じなかったようだが、お染にしてみればそれどころではなかったのである。

「身体の工合が、悪いんですか」

お染は、新三郎の左腕を、自分の肩に回した。

「持病でござんして……」

新三郎は目の前に人家が建ち並んでいるのを、やっとのことで見定めた。杉戸の宿であった。

「わたしどものところへ寄って、休んで行って下さい」

お染が、喘《あえ》ぎながら言った。汗まみれの顔を、真赤に上気させている。新三郎に肩を貸しながら歩くだけでも、お染にとっては大変な重労働なのだ。

「とんでもござんせん。見ず知らずの方《かた》に、お世話を頂くわけには参りやせんよ」

「見ず知らずだなんて……。恩返しを、させてもらうだけです」

「それに、あっしなんかを家へ引き入れたりすると、堅気衆にはとんでもねえ迷惑になりやすからね」

「そのことでしたら、心配しないで下さい。家には兄しかいませんし、その兄も根っからの堅気とは言えないので……」

「おめえさんの兄《あに》さんが、あっしみてえな渡世の道で飯を食っていなさるんですかい」

「誰それの身内とか、そこまでは玄人《くろうと》にはなりきっておりません。ただ定まった職につかないで、ブラブラしているんです。どこで何をやって来たのやら、いまに殺されるに違いないって家の中に引き籠もったきりでおりますけど……」

「殺されるって……？」

「はい。この二、三日、食べるものも喉を通らない様子なので、わたしも心配になり昨夜から粕壁に住んでいる遠縁の者のところへ相談をしに行っていたんです」

「そいつは、穏やかじゃあござんせんね」

「きっと、どこかで人の恨みを買うようなことを、して来たんでしょう」

お染は暗い眼差しになって、泣き疲れたときのような溜め息を洩らした。

「そんな取り込みの際中に、厄介をかけることは尚更できやせん。まあ、あっしのことには、構わねえでおいておくんなさい」

新三郎は、胸のうちで自嘲していた。間もなく死ぬ身体で、第二のお染に借りを作るわけにはいかない。最初のお染にも会えずじまい、その上また二人目のお染に借りができる。そんな因果が、新三郎には何となく情けなかったのである。

「いいえ、親分さんをこのままにしておくなんて、わたしにはできません。そんなことをしたら、罰《ばち》が当たります」

お染が、激しく首を振った。お染は、必死の面持ちだった。

「いつかは野垂れ死に、野晒しになるってことは端《はな》からわかっておりやしたんで……。気にするほどのことじゃあ、ござんせんよ」

「いけません」

お染は、引っ込めようとする新三郎の腕を、手放そうとしなかった。新三郎は、沈黙した。逆らう気力を、失っていたのである。心臓の苦しさも、限界を越えていた。意識が、朦朧《もうろう》としかけている。いずれにしてもこれ以上、歩き続けることはできなかった。

「お染さん……」

意味もなく、新三郎はそう呟いていた。

3

お染と兄の千代松の住まいは、杉戸宿の北のはずれにあった。親の代には煮売屋を営んでいたとかで、家は一応それらしい構えを見せ街道にも面していた。しかし、中へはいれば素人家と変わりなく、かつては煮売屋の店先だった土間には何一つ置いてなかった。

いまでは板を打ちつけてある間口の広い表戸、崩れかけている大きな竈《かまど》、その周囲を四角く区切っている細い桟の囲いなどが、わずかに煮売屋の名残りを留めている。奥には部屋が四間ほどあり、天井、壁、畳などが古くなり痛んでいるのが目立った。

お染という若い娘がいるだけに障子の切り張り、拭き掃除も行き届いていて小綺麗にしてある。しかし、古くなった家の薄汚れた感じは、どうにも隠しきれなかった。生活が豊かでないことも、一目で知れた。兄の千代松は遊び人同然であり、お染が針仕事で手間賃稼ぎをしているというのでは、貧しいのが当たり前であった。

家の中は、ムンムンするほど蒸し暑かった。表戸を締め切ってあるから、風の通りが悪いのであった。裏の空地に面している雨戸も、半分しか繰ってなかった。お染の話にあったように、千代松が外部からの侵入者を恐れて脅えきっているのである。

そうしたことに新三郎が気づいたのは日も暮れかけた七ツ半、午後五時をすぎた頃だった。新三郎は、煎餅蒲団の上に横たわっていた。枕許に水を入れた桶が置いてあり、額の上には濡れ手拭いがのせてあった。ここへ連れ込まれてからいままで、眠り続けていたらしい。

身体は幾らか楽になったようだが、心の臓の締めつけは相変わらずであった。新三郎は寝たままで、あたりを見回した。お染の姿はなく、奥の部屋に男がひとりいるだけだった。二十五、六だろうか。髷の結い方や身装りに、何となく崩れたところが見られた。千代松に違いない。

色が白くなかなかの男前だが、目つきに険《けん》があり荒《すさ》んだ感じがした。長脇差でも手にしていれば、半人前の渡世人ぐらいには見えるだろう。つまり、渡世人にはなりきれない半素人なのだ。小博奕に手を出し、弱味のある相手を見つければ強請《ゆすり》も働くといった類の男であった。

「ご厄介になり、申し訳ござんせん」

新三郎は、横向きになって壁に寄りかかっている千代松に、そう声をかけた。千代松は、ハッとなった。新三郎の声に、驚いたのである。落着かない様子で、家の中にじっとしている。それだけでも、千代松の脅えようが尋常でないとわかる。新三郎のほうへ向けた千代松の顔に、縋りつきたいといった心細さが表われていた。

「こんな恰好で挨拶も何もございやせんが、武州無宿の新三郎と申しやす。よろしく、お頼み申しやす」

新三郎は心持ち、頭を持ち上げるようにして目礼を送った。

「そうだってねえ。お染から、聞いたぜ。小仏の新三郎さん、大した腕だそうじゃあねえかい」

千代松が、媚《こ》びるような目で膝を乗り出して来た。あるいは、新三郎が目を覚ますのを待ち受けていたのかもしれない。新三郎を頼りにしているという感じが、千代松の表情や態度に溢れていた。

「実はな、まったくいいところへ来てくれたと、おれはおめえさんを拝みてえくれえなんだ。おれにとっちゃあ、天の助けだぜ」

千代松は、蒲団の脇に膝を揃えた。泣き笑いの顔であった。力を借りたいと真剣に思う一方、唐突な話の切り出しように照れ臭さを覚えているのだ。

「お染さんから、伺いやしたよ。命を狙われていなさるとかで……」

新三郎は、表情のない顔を暗い天井へ向けた。千代松の言いたいことは、よくわかっている。力になって欲しいというのなら、その頼みを引き受けてやってもいい。それが、借りを返すことにもなるのである。

「そうなんだ。相手は間違いなく、このおれを叩っ殺すつもりでいやがる。それも、遠い先の話じゃあねえ。だらしねえ話だがこの二、三日、おれは生きた心地もしねえんだよ。お願いだ、新三郎さん。ここにいて、おれを守ってやっちゃあくれめえか」

千代松は、唾を飛ばして一気にまくし立てた。もう、無我夢中なのである。

「こうやって、厄介になっている身でござんす。あっしにできることなら、お引き受けしなくちゃあならねえでしょうよ」

「ありがてえ、新三郎さん。一晩だけでもいいから、枕を高くしてぐっすり眠りたかったんだ。地獄で仏とは、こういうことを言うのに違いねえ」

「おめえさんの命を狙っているというのは、どこの何者なんで……？」

「新三郎さんなら、承知かもしれねえ。薬師堂の民蔵という凶状持ちよ」

「聞いたことはござんせんが、渡世人ですかい」

「そうなんだ。凶状持ちだから、一つところに落着くことはできねえ。まあ、旅から旅への流れ者だろうが、野州矢板の治兵衛親分とは兄弟分の仲だって聞いたぜ」

「おめえさんはまた何だって、民蔵とかいう渡世人からそんな恨みを買うようなことになりなすったんですかい」

「いろいろと、事情はあらあな。つまり一口に言やあ、おれに生きていられることが民蔵にとっては都合悪いってわけだ」

「まあ、余計なことは、訊かねえでおきやしょう」

「とにかく、頼んだぜ。新三郎さん……」

「あっしのいるうちに、うまく民蔵っていうのが姿を見せりゃあいいんですがね」

「間違いなく、野郎はこの二、三日のうちに出張《でば》って来る。十日ほどめえに、おれは民蔵から十日も生かしちゃあおかねえって、脅かされたんだからな」

「薬師堂の民蔵ってのが、あっしの手に負えねえ相手だったときは、どうか恨まねえでおくんなさいよ」

「冗談じゃあねえ、小仏の新三郎と言やあ、チラホラ噂にものぼるほどの渡世人だ。民蔵なんて、吹けば飛ぶようなもんさ。新三郎さんがいてくれりゃあ、もう民蔵なんか恐れることはねえ」

「あんまり、買い被らねえで下せえ」

「それから、このことはお染に内緒にしておいてくんねえ。新三郎さんに助人を頼みてえと言ったら、恩を仇で返すつもりかってお染にいやな顔をされたんでね」

「そうですかい」

「お染はいま、新三郎さんに飲ませるんだって、煎《せん》じ薬を買い求めに出ているんだ」

「そいつは、すまねえことで……」

新三郎は、天井に止まっている蠅を数えた。兄の千代松に較べると、妹のお染はまともすぎるくらいだった。親切で、気がやさしい。物事の道理というものを、弁《わきま》えている。千代松のような兄がいなければ、嫁の口が降るほどあるのに違いない。

兄の危機を救うためであろうと、お染は新三郎が使われることを嫌ったのである。新三郎の身体を、案じてというだけのことではない。恩のある新三郎を何かに利用すること自体、お染は快く思わないのであった。その上、薬草まで求めに行ってくれている。

そうしたお染の心根が、新三郎には嬉しかった。

六年前に会ったお染を、思い出すのである。どんな煎じ薬を飲まされても、もう新三郎の身体には効かないのだ。薬を飲ませたいというお染の好意だけでも、新三郎にとっては借りになるのだった。だが、最初のお染には、借りを返せなかった。その代わりに今度のお染には、間違いなく借りを返そうと新三郎は考えていた。

借りを返す。それは、千代松の命を救うことであった。もし、薬師堂の民蔵というのがここへ乗り込んで来たら、刺し交《ちが》えてでも必ず殺してやる。千代松のために、やることではなかった。お染に、借りを返すのである。新三郎は、壁際にある手甲脚絆、三度笠、それに長脇差を眺めやった。

その夜、新三郎はひどい心臓発作に襲われた。心の臓を揉みしだかれるような苦痛に、新三郎は目を覚ましたのであった。右隣の部屋に千代松が、新三郎の足許のほうの一室にお染がそれぞれ寝ているはずだった。熟睡していると見えて、鼾や寝息すら聞えて来ない。新三郎は、苦悶の声を洩らすまいとして、歯を食いしばっていた。

不意に、頭のほうで凄まじい物音が、家の中の静寂を破った。体当たりをして雨戸を押し倒した音だと、新三郎は察していた。足音が、廊下を踏み鳴らした。二人分の足音であった。あちこちで、障子を激しく引きあける音が聞えた。
二、三日うちという千代松の判断は、どうやら甘かったようである。薬師堂の民蔵は、明日という日を迎えないうちに襲って来たのだった。民蔵ひとりではない。もうひとり、仲間を伴って来た。それも、最も間の悪いときに、出現したのであった。まるで新三郎が心臓発作を起すのを、待ち構えていたみたいだった。
新三郎は、懸命になって起き上がろうと努めた。何とか、しなければならないのである。みすみす千代松を死なせるようなことになったら、お染に借りを返すこともできなくなる。一旦、引き受けておきながら、いざとなると何の役にも立たない。新三郎自身にとっても、この上ない屈辱《くつじょく》であった。

「民蔵か！」

千代松の声が、そう叫んだ。ドスン、ドスンと家が揺れるような音が響いた。逃げ場を失った千代松が、壁にぶつかり畳の上を転がったりしているのだ。新三郎は、辛《かろ》うじて枕許の長脇差を、摑むことができた。だが、それが精一杯であった。それ以上、身体を動かすことは不可能だった。

「新三郎さん、助けてくれ！」

千代松が、絶叫している。足許の障子があいて、寝巻姿のお染が飛び出して来た。

「兄さん……！」

お染は泣き出しそうな声で言って、右隣の部屋へ走った。行くなとお染を引きとめたかったが、新三郎は声さえも失っていた。息苦しさの余り、声が出ないのである。お染は右隣の部屋の障子をあけて、遮二無二《しゃにむに》踏み込んで行った。

「わっ！」

千代松の悲鳴が聞えて、障子が一枚バリバリッと砕け散った。その障子を抜けて、千代松の身体が投げ出された。呻き声を上げて四肢を痙攣《けいれん》させたが、そのまま千代松はすぐに動かなくなった。

「面《つら》を見られたとなりゃあ、生かしちゃあおけねえな」

男の声が低くそう言って、それにお染の叫び声が重なった。新三郎は、枕許の障子を見据えた。雨戸がはずれて、青味がかった光が障子に射している。その障子に、二つの影が映って一瞬にして消えた。民蔵とその仲間が廊下を引き揚げて行き、裏の空地へ飛び降りたのだった。

夜明けか、と新三郎は思った。水の中へでも引き込まれて行くように、意識が薄れ始めた。心の臓が麻痺《まひ》したようになり、呼吸困難からそうなるのであった。ついに、どうすることもできなかった。俯せになって、右手に長脇差を摑んだだけである。そんな自分を憎みながら、新三郎は意識を失った。このまま死ねばいいと、新三郎は願ったのだった。

しかし、新三郎は死ななかった。生きている身として、蘇生《そせい》したのであった。新三郎は、ぼんやりと目を見開いた。拍子木を叩く音が、遠くで聞えていた。あたりは、薄明るくなっている。明け六ツを知らせる拍子木を叩いて、問屋場の若い者が宿場を歩き回っているのだった。

新三郎は、起き上がった。目の前が、血の海であった。千代松が、大の字になって倒れている。顔を真二つに割られ、更に喉を抉られていた。右隣の部屋の壁に、お染が凭れかかるようにしている。ガックリと頭を垂れて、開いた両脚を投げ出していた。もちろん、絶命しているのである。

新三郎の胸のうちで、熱いものが爆発した。燃えるような、怒りを覚えた。薬師堂の民蔵とその仲間、それに新三郎自身に対する怒りであった。はっきりした対象に生々しい怒りをぶつけるのは、新三郎にとって珍しいことだった。許せない、と新三郎はひとり声に出して呟いた。

新三郎は、立ち上がった。歩くことも、できそうである。いや、歩けなかったとしても、歩かなければならないのだ。着物の裾をからげて、背中に帯をキリッと締め上げながら通した。素早く、手甲脚絆をつける。長脇差を、腰に落した。三度笠をかぶり、顎ヒモを結んだ。

新三郎は、右隣の部屋へ足を運んだ。死んでいるお染の前に佇み、その血まみれの身体に目を落した。肩から斜めに、生乾きの血が線を描いている。寝巻とともに、肉が裂けていた。もう一ヵ所、左の乳房のあたりに刺し傷があった。

両脚を開いている。寝巻の裾が乱れて、恥ずかしい部分の茂みが見えていた。新三郎は手をのばして、寝巻の裾を直しそれを隠した。眠っているような死に顔が、いじらしく可憐に感じられた。昨日、宿人足たちから辱しめられずにすんでも、今日はこうして死んでいる。

髷が崩れて、ほつれ毛が朝の風に揺れていた。それが、この薄倖な娘の短い生涯を、哀れに物語っているようだった。二人目のお染にも、借りは返せなかった。借りを返すどころか、新三郎がお染を死なせてしまったのだ。すぐ近くにいて、お染を見殺しにしたのであった。

「お染さん、申し訳ござんせん」

新三郎は、お染の死骸に向かって言った。

「おめえさんをこんな目に遭わせた野郎を、生かしちゃあおきやせん。あっしも含めて、必ず地獄へ送り込んでやりやす。どうか、成仏《じょうぶつ》しておくんなさい」

新三郎はそう言葉をこぼすと、お染の死骸に背を向けた。廊下から、裏の空地へ出る。空地から何軒かの家を迂回して、街道へ抜けた。新三郎は日光路を北へ向けて、足早に歩き出した。心の臓の鼓動が早くなったことにも、新三郎はまるで無頓着であった。

4

杉戸から一里半で幸手、幸手の先二里と三丁で栗橋であった。栗橋をすぎるとすぐ常陸川の舟渡しで、川の手前に関所がある。通称『房の川戸』と呼ばれている関所で、北へ向かう女だけが通行手形を要した。男は上り下り共に、手形を必要としなかった。

しかし、だからと言って、平然と罷《まか》り通れるものではなかった。一応、御定番に対して頭を下げなければならないし、人相面体をはっきり見せることになっている。手配中の凶状持ち、あるいは男に変装した女を見逃さないためだった。

新三郎のような渡世人になると、細かいことにも気を配らなければならなかった。本来ならば、無宿人が往来することは許されないのである。長脇差の所持も、禁じられている。だが、箱根とか新居とか特に厳しい関所でない限りは、いわゆる慣例というのが通用したのである。

関所制度に現実に接している者から見れば、その無用性が明らかすぎるくらいだったのだ。江戸末期には、殆ど形式だけのものになっていたのである。幕府の布令ほど、関所では堅いことを言わなかったのだ。実害がなければ、関所を通す。そうした狎れ合いみたいなものが、関所の定番と通行者との間にあったわけだった。

手配中の凶状持ちでなければ、黙って渡世人であろうと無宿人であろうと通してしまう。長脇差は背後に隠すようにしていれば、咎め立てはしない。お上《かみ》に対して殊勝であり、神妙であればいいわけだった。それが、一種の慣例になっていたのである。

逆に、特別待遇を受ける者もいた。武士ほどの自由は利かないが、百姓町人の中では最も優先される連中だった。『日光神領の民』であった。日光東照宮には、表高一万三千石、実高二万五千石の領地がある。それが御神領であり、その領内の農民が御神領の民だったのだ。

日光御神領の百姓たちは、東照神君の民であるということで、どこへ行っても優遇された。この百姓たちが御神領を離れる場合、用向きによっては日光奉行所から陣笠を借りることができた。鎹山《かすがいやま》の紋がはいった陣笠で、それが御神領の民であることの証拠になったのだった。

鎹山の紋がはいった陣笠には、大した権威があったわけである。それを見れば、日光御神領の者だとすぐにわかる。そのために、どこの旅先でも特権を与えてくれるのであった。但し、この陣笠を紛失したりしたときは死罪というのが、日光奉行所の定めになっていた。それほど、価値ある陣笠だったのだ。

房の川戸の関所で、その鎹山の紋の陣笠をかぶった百姓が新三郎のすぐ前にいた。関所はかなり混雑していたが、定番のひとりが間もなくその陣笠に気づいた。新三郎は三度笠をはずし、鞘ごと抜き取った長脇差を背後に回して、鎹山の紋入り陣笠の百姓のあとに続いた。

「日光御神領の民、直ちに罷り通れ」

定番のひとりが、陣笠の百姓にそう指示を与えた。

「ありがとうございます」

百姓が礼をのべて、定番たちが並ぶ前を足早に通りすぎた。新三郎は、自然にそのあとを追う恰好になった。定番の目は、もうほかに移っていた。日光御神領の百姓のお陰で、優先的に関所を通り抜けることができたようなものだった。

関所をすぎると、やがて常陸川の渡し場であった。ほぼ満員の客を乗せて、二艘の舟が往復していた。新三郎も、舟いっぱいの客のひとりになった。今日は日射しも弱々しく、急に初秋らしい気候に変わっていた。川面を赤トンボが、スイッと流れた。

抜けるように青い空が、川に映っていた。ちぎれ雲が、寂しげであった。新三郎は、川面に落ちている雲を見やった。このまま北へ向かって、果して薬師堂の民蔵という凶状持ちに追いつけるのだろうか。新三郎はぼんやりと、そんなことを考えていた。

北へ足を向けたのは、それなりの根拠があってのことだった。千代松の言葉を、新三郎は記憶していたのである。確か薬師堂の民蔵は、野州矢板の貸元治兵衛と兄弟分の間柄だということであった。矢板の治兵衛というのは、決して大物と言える貸元ではない。

　新三郎も、名前を聞いたことがあるだけだった。十数人の身内をかかえている程度で、貸元衆の間でもあまり評判はよくないらしい。しかし、貸元と呼ばれるからには、それ相応の頼り甲斐はあるはずであった。民蔵は凶状持ちで、その上また人を殺したのである。

　しばらくは、遠いところへ逃げて、身をひそめていたいという心境にあるだろう。そんなときに何よりも欲しいのは、相談に乗ってくれたり金を工面してくれたりする兄弟分というものなのだ。民蔵は矢板の治兵衛を頼って行くに違いないと、新三郎が見当をつけたのはそんな読みがあったからである。

　新三郎は、矢板まで行ってみる気になった。もちろん目的は、民蔵を捜し出すことにある。だが、そのほかにも少しばかり、矢板というところに惹かれるものがあったのだ。六年近く前、最初のお染に二両と簪を恵んでもらったところが、野州矢板のすぐそばだったのである。

　お染にも、もう会うことはないだろう。そう思うと新三郎には、矢板というところがたまらなく懐かしく感じられて来たのだった。二人目のお染の意趣《いしゅ》返しのために、矢板へ行く。その矢板の近くで、最初のお染との最初で最後の出会いがあったのである。

そんなふうに考えて、新三郎はふと秋の気配に似た空しさを味わっていた。新三郎は、川の水の中へ手を差し入れた。手が濡れた。濡れた指先で、船縁に字を書いた。殆ど意識せずに、やったことであった。書いた字は、『おそめ』だった。

字は、あっという間に乾いて消える。また書く。新三郎は、そんなことを繰り返していた。そのうちに新三郎は、自分の指先に注がれている視線を感じ取った。新三郎はそれを追って、視線の主を目で確かめた。そこには、鎹山の紋入りの陣笠をかぶった百姓の顔があった。

房の川戸の関所を、一緒に通り抜けた日光御神領の百姓だった。三十六、七歳の、逞しいという感じの百姓である。日焼けはしているが気品もあって、若い時分には村の娘たちの話題の主だっただろうと思われるような二枚目であった。

「お気に障ったんだったら、勘弁して下さえよ」

百姓は、眩《まぶ》しそうな目をして頭を下げた。

「いや、何を見ていなさるのか、気になっただけでござんすよ」

新三郎は、自分の指先に視線を戻した。

「実は、おめえさまが書いておられたことに、おらのほうも気を奪われましただ」

百姓は、苦笑を浮かべた。

「ちょいとした、悪戯書きで……」

「人の名と、違いますべえか」

「女の名でござんした」

「お染と、書いたのでは……」

「へい」

「やっぱりそうでしたか」

「おめえさんも、お染という名の女に縁がおありなんですかい」

「縁というほどのこともねえんですが、よく知っている女にお染というのがおりましただ。おめえさまのほうは、どんな縁があったんでごぜえます？」

「あっしもただ、お染という女を捜し求めているだけでして……」

「おらは野州大桑の日光御神領の百姓で、幸吉という者でごぜえます」

「新三郎と申しやす」

「おめえさまが捜し求めておいでのお染さんは、どこのお人で……？」

「生まれは武州の深谷だと聞きやしたが、いまはどこでどうしているやら……」

「武州の深谷……？」

幸吉という百姓が、一瞬眉をひそめた。

「おめさんが知っていなさるお染さんも、生まれは武州の深谷なんですかい」

新三郎は、再び幸吉という百姓の顔に目を転じた。

「へえ。実は、そうなんで……」

「年の頃は、二十三、四じゃあねえんですかい」

「二十四のはずでごぜえました」

「色白で、目許がパッチリとしていて、こう何となく男好きのする艶っぽい女じゃあござんせんか」

「へえ。とにかく、男にはよく好かれる女でして……」

「信州、上州、下総、上総、それに東海道筋のあちこちを流れ歩いておりやした女なんでござんすがね」

「確かに、あのお染からもそんな話を聞きましただ」

「桔梗の花が、好きとかで……」

「こりゃあどうやら、おめえさまが捜し求めておいでのお染さんと、おらの知っている
お染とは同じ女のようでごぜえますだ」
「そう、お思いですかい」
「武州深谷の生まれで年は二十四、あちこちを流れ歩いていて桔梗の花が好き。こう何
もかもピッタリ同じお染という女が、この世に二人いるとは思えねえ」
「おめえさんの知っていなさるお染さんは、どこにおいでなんでござんす」
「野州矢板の居酒屋の、酌女でごぜえます」
「野州矢板の……！」
「へえ。半年ほどめえから、そこで働いておりましただ」
「半年めえから、野州矢板にいたんでござんすかい」
　新三郎は、思わず息を大きく吸い込んでいた。そうでもしないと、舟の中で立ち上
がったりしてしまいそうな気がしたからだった。何という皮肉な、めぐり合わせなのだ
ろうか。最初会ったのが、野州矢板だったのだ。その後、お染の噂を追って各地を流れ
歩いた。だが、野州の矢板にはただの一度も、足を向けようとはしなかった。
　その矢板へ、お染は半年前から戻って来ていたのである。最初に矢板で会って、その

後そこから姿を消した。だから、矢板にいるはずがないと、決め込んでいたのだった。いわば矢板は、盲点であった。いちばん初めに捜して見つからなかったところへは、二度と目を向けようとはしないのだ。

ところがお染は、矢板へ戻って来ていたのである。考えてみれば、人間とはそういうものであった。住み馴れたところへ、帰って来たがるのだ。どこかに落着きたくなったとき、頭に浮かぶのは若くてよかった時代を過した場所なのだった。

半年前から、お染は矢板にいる。その矢板へ新三郎は、これから足を向けるつもりでいたのだ。幸吉という百姓の話を聞いても、あのお染に間違いなかった。もう一足違い、ということはないはずである。間に合いそうだった。生きているうちに、お染に借りを返すことができる。

「いまでもお染さんは、その居酒屋で酌女をしていなさるんでしょうね」

新三郎は、そう念を押してみた。その新三郎の胸が、破れた風船玉のように萎《しぼ》んだ。暗い目つきで、幸吉が首を振ったからである。

「またどこかへ、流れて行ったんでござんすかい」

拍子抜けしたように、新三郎は両肩を落した。

「あのお染はもう、どこへも流れて行かねえでごぜえましょうよ。お染は、この世の者じゃあねえんで……」

幸吉が、同情するような口ぶりでそう言った。

「この世の者じゃあねえ……！」

舟の中の何人かが振り返ったほど、新三郎は声を大きくしていた。

「へえ。お染は矢板で、亡くなったんでごぜえます」

「そいつは、いつのことで……」

「もう五、六十日もめえのことに、なりますべえか」

「病《やまい》で、亡くなったんですかい」

「そうじゃあねえんで……。店の酔った客に、斬り殺されましただ」

「殺された……？」

「へえ。ご浪人さんから、無礼討ちにしてやると言われて……」

「仏になったお染さんの引き取り手なんて、なかったんでござんしょうね」

「へえ。居酒屋の亭主が、近くの寺に葬ったそうでごぜえますだ」

「その寺を、ご存じですかい」

「へえ。もし何でごぜえましたら、おらが近くまでお連れしますから……」

「お手数《てかず》をおかけ致しやすが、是非教えてやっておくんなさい」

新三郎は、お染の死を疑ったわけではなかった。ただお染の墓に、参ってやりたかっただけだったのだ。墓の前に、平打ちの簪を供えたかった。二両の金はそれで立派な墓を作るか、供養のために寺に寄進するかすればいい。せめて、それでお染に借りを返した、ということにしたい。

「死んだんですかい」

新三郎は、改めてそう呟いた。別に、驚くべきことではなかった。あるいは死んでしまっているかもしれないと、何度か考えたこともあったのだ。そんな想像が当たっていた、ということにすぎなかった。殺されるという哀れな死に方も、いかにもお染らしい感じだった。

酌女から宿場女郎と、この世の底辺を歩き続けて来た。そんな女を待っているのは、不幸な死と相場が決まっている。最初のお染も二人目のお染同様、しあわせな生き方には縁がなかったのだ。お染という名の女は、どれもそうなのだろうか。

しかし、間もなくあの世でお染と会うことになるだろう、と新三郎は思った。あの世では借りを返すこともないし、お染を捜し求めて流れ歩く必要もないのである。新三郎はいつの間にか、川面に映っていたちぎれ雲が消えていることに気づいた。

　これで、矢板まで行く張り合いが、二つになった。一つは最初のお染の墓参りをすることであり、もう一つは二人目のお染のために薬師堂の民蔵を斬ることだった。新三郎は空を見上げて、遠のいたちぎれ雲を捜した。

5

　常陸川を渡ると中田であり、そこで昼飯ということになる。それから先は古河、野木、間々田、小山と宿場が続く。小山から一里と十一丁で、新田であった。この新田で日光道中から、街道が一本北西へそれる。例幣使街道へ通ずる壬生道である。

　日光路を進むと、次の宿場は小金井であった。その日は、この小金井泊りだった。小金井は完全な宿場町で、百六十五戸ある人家のうち約四分の一の四十三軒が旅籠屋であった。もっとも大きな旅籠となると五軒しかなく、殆どが三部屋から五部屋程度の下級宿だったのである。

幸吉と新三郎は、別々の旅籠に泊った。そもそもが渡世人にとって、旅籠に泊るということは大変な贅沢だったのである。一宿一飯を頼み込んで貸元のところに草鞋を脱ぐか、野宿するかが普通だったのだ。新三郎は、大部屋で雑魚寝をする最下級の旅籠屋へはいった。

幸吉のほうは、最上級の旅籠屋に泊るという。その旅籠屋に二、三度泊ったことがあるからだそうだが、要するに日光御神領の百姓は金持ちなのであった。日光御神領の経費は幕府が賄《まかな》うので、ほかよりもはるかに農民の負担分が軽かったせいである。

翌朝明け六ツに新三郎と幸吉は、約束通り宿場の中央にある高札場の前で落ち合った。この日は更に秋らしく、涼しい風が吹いていた。空はますます青く、日射しが柔らかく感じられた。どこかで桔梗の花が咲いているはずだと、新三郎は思った。

石橋、雀の宮をすぎて、宇都宮であった。宇都宮が、日光道中と奥州道中の分岐点になっている。矢板へは、どっちを行ってもよかった。日光道中の今市と奥州道中の太田原を街道が結んでいて、その街道筋に矢板宿があるからだった。距離的には、今市を回ったほうが近かった。

二人は、日光路のほうを選んだ。下、中、上の徳次郎、大沢、今市とこの日は十一里、約四十四キロを歩いた。今市泊りであった。今市で、道は三方に分かれる。西へ行けば、二里ほどで日光であった。北、東、いずれも日光街道と呼ばれているが、正確には白川道と太田原道だった。

北へ行けば白川道であり、塩原、那須を経て奥州道中の白川へ出る。東の太田原道へはいると、船生、玉生、矢板をすぎて奥州道中の太田原へ抜けるのである。今市から四方へのびている街道は御神領を出るまで、どれも見事な杉並木によって飾られている。

今市でも、新三郎と幸吉は別の旅籠屋に泊った。翌朝明け六ツに高札場の前で落ち合うという点も、まったく同じであった。翌日はまた一段と、秋の気配が濃厚となった。太田原道が、高原地帯を横切っているというせいもあった。

今市から二里で大渡、鬼怒川を渡って更に一里で船生だった。船生からは玉生、高内まで四里、約十六キロある。高内から十八丁ほどで、矢板であった。新三郎と幸吉は、黙々と歩き続けた。北側には波打つ山々が広がり、カーブの多い道は絶えず上り下りを繰り返した。

渓谷に架けられた幾つかの橋を渡り、樹木と草原を九十九折の街道の両側に見た。ところどころに人家が密集し、鄙《ひな》びた山里や落着いた宿場を作っていた。新三郎は朝から、殆ど口をきかなくなっていた。その表情のない顔に、冷たさが増していた。

やがて高内をすぎ、橋の多い街道が長い下りにさしかかった。点在する人家が、次第に軒を並べ始めた。白壁の土蔵や、幟を立てた掛け茶屋が目についた。間もなく、矢板の宿であった。四ツ辻が、矢鱈と多い。矢板を中心に、その周囲を農村が押し包むようにしているためだった。

「ちょっとばかり、待って下せえ。あの茶屋で、尋ねてみますだ」

掛け茶屋のある四ツ辻の手前で、幸吉が新三郎を振り返った。新三郎は、立ちどまった。幸吉が小走りに、掛け茶屋へ近づいて行った。掛け茶屋の床几《しょうぎ》にすわっていた男が、慌てて立ち上がった。長脇差こそ所持していないが、この土地の渡世人と一目で知れる男だった。幸吉とその男が、何やら言葉を交わしている。短いやりとりをすませて、幸吉はすぐに戻って来た。

「真宗寺という寺だそうで、こっちでごぜえます」

幸吉が四ツ辻を、左へ折れる道を指さした。幸吉に従って左への道にはいりながら、新三郎は掛け茶屋のほうを見やった。渡世人が着物の裾をまくり上げて、矢板宿の方向へ走って行くのを新三郎は目の隅に捉えた。矢板宿は、つい目と鼻の先であった。

道は雑木林を抜け、人気のない丘陵の斜面へと続いていた。間もなく、道の両側に墓地が広がった。道の行きどまりに、樹間を縫って急角度に上っている石段が見えていた。その石段が、真宗寺という寺の山門に通じているらしい。

無縁仏の粗末な墓標、間引き地蔵から大きな墓石まで、あらゆる墓が卒塔婆や破れ提燈をまじえて雑然と並んでいる。妙にひっそりと静まり返っていて、夕映えの中に墓標が無気味な陰影を描き出していた。冷たい風が、吹き抜けて行った。

七ツ、午後四時はとっくにすぎている。西の空が水色から乳色へ、乳色から鮮やかな赤へと三色に分かれていた。その輪郭をはっきりさせたオレンジ色の太陽が、山の端に近づいていた。山々の紫色のシルエットが、線香の煙を連想させて儚かった。

「このあたりに、お染の墓があると聞いたんでごぜえますが……」

幸吉が、真宗寺の石段を背にして立った。新三郎は黙って、道の両側の墓を見渡した。

「亡くなったのは、六、七十日めえのことだから、墓はまだ新しいはずだ」

幸吉が、呟くように言った。そう言いながら、幸吉は新しい墓標を捜してはいなかった。幸吉の目は、いま来た道が雑木林の中へ消えるあたりに注がれていた。

「失礼でござんすが、幸吉さん……」

目深にかぶった三度笠の蔭から、新三郎の陰気な声が洩れた。

「おめえさん、死んだお染さんとは何か深い関わり合いが、おありだったんですかい」

「深い関わり合いなんて、そんなものは別に……。ただ、お染が働いていた矢板の居酒屋へは、何度か足を運びましただ」

幸吉が、困惑の表情で視線を宙に漂わせた。

「客と酌女、ただそれだけの仲だったというわけで……？」

新三郎の目が、翳りのある光を放った。

「へえ……」

幸吉は、小さく頷いた。

「それにしちゃあ、ちっとばかりご親切がすぎはしやせんか」

新三郎は、緩慢な動きで胸高に腕を組んだ。

「おめえさまを、ここまでお連れしたのがいけねえことだったのでごぜえますか」

「あっしとは、ただ道中で袖触れ合った縁。死んだお染さんとは、客と酌女の間柄。そんなあっしとお染さんのために、おめえさんは今市と矢板の間を往復して二日も無駄にすることになるんでござんすよ」

「おらはただ……」

「おめえさんが、それほどもの好きなお人とも見えねえし……」

「信心が、させたことでごぜえますだ。たまたま同じ渡し舟に乗り合わせたというだけのおめえさまとおらが、同じお染を知っていた。そうとわかって、これは仏さまのお導きに違いねえと思ったのでごぜえます」

「旅から戻ったら何よりもまず先に、ご先祖さまの霊に向かって無事に道中をすませることができましたと手を合わせる。それが、信心というものじゃあねえんですかい」

「おめえさまは、このおらに何か魂胆があってと申されるのでごぜえますか」

「昨夜おめえさんが、今市の旅籠に泊ったときから、こいつはおかしいと、気がついておりやしたぜ」

新三郎は二、三歩後退して、幸吉との間に距離を作った。新三郎が昨夜から疑惑を抱いていたというのは、決して嘘ではなかったのだ。幸吉は、大桑の百姓だと言っていた。大桑は、今市から白川道へはいったその街道筋にある。今市から北へ、わずか一里半のところにあった。

旅から帰って来た者が、故郷を目の前にして旅籠屋に泊るということはあり得なかったのだ。故郷へたったの一里半であれば、当然わが家まで足をのばすはずであった。たとえ新三郎を矢板へ案内するにしても、昨夜は故郷に帰り明日改めてということにしなければならないのである。

だが、幸吉は当然というように昨夜、今市の旅籠屋に泊ったのだった。そのことだけでも、おかしいと思う。それに、何も新三郎をわざわざ矢板まで、連れて来ることはなかったのだ。どこへ行って訊けと教えるだけで、十分だったのである。

今市から矢板まで往復十六里、約六十四キロあった。矢板で、一泊しなければならない。往復で、まるまる二日間を費してしまう。旅から戻って来て、故郷を目前にしながら二日間も寄り道をする。そんな親切を他人のためにやれと言われても、とてもできるものではないのである。

「おめえさん、大桑の百姓なんかじゃあありやせんね」

新三郎のかすれた声に、鋭さと凄味が加わった。幸吉はもう、返事をしなかった。肯定の沈黙である。

「二晩とも宿を別にとったのも、一緒に寝起きしちゃあ何かとボロが出るだろうという思案があったからに違いねえ」

新三郎の言葉遣いが、渡世人に対するそれに変わった。

「なるほど……」

幸吉が、低く笑った。

「日光御神領の百姓に、化けたっていうわけかい」

「まあ、そんなところさ」

「日光道中は杉戸宿の南、街道脇の寺の境内で旅支度の百姓が二人殺されていた」

「らしいな」

「聞いたところによると、道中手形だけを奪われていたそうだぜ」

「そいつは、気の毒に……」

「多分、殺した百姓の身許が知れねえようにと願って、やったことだろうよ。二人が日光御神領の百姓だと知れちまったら、それが目当てで殺した鎹山の御紋入りの結構な陣笠が何の役にも立たなくなるからな」

「恐れ入ったぜ。小仏の新三郎ってのは、腕ばかりか目も利くじゃあねえかい」

「関所のお手配も厳しい凶状持ちの身に、鎹山の御紋入りの陣笠はまたとねえ隠れ蓑だろうよ」

「凶状持ちの身と、そんなことまでお見通しなのかい」

「幸吉なんて、口から出任せの名めえは捨てたらどうでえ」

「だったら、改めて名乗らしてもらうぜ。おれは、薬師堂の民蔵だ」

すでに言葉つきと態度を一変させていた男は、陣笠の顎ヒモを解きにかかった。

「やっぱり、おめえが民蔵とかいう半端者かい。これで、ここまで来た甲斐があったというもんだ」

新三郎のほうは、腕を組んだまま凝然と動かなかった。

「まるで、このおれを目当てに矢板まで来たような口ぶりじゃあねえかい」

「その通りよ。薬師堂の民蔵を叩き斬るために、日光路を北へ向かって来たんだからな」

「何だと……！」

「杉戸のお染さんに、借りを返《けえ》さなくちゃあならねえ」

「杉戸のお染……？」

「おめえたちが殺した千代松の妹も、名がお染っていうのさ。あのお染さんを殺した野郎は、この小仏の新三郎が金輪際許さねえ」

「そうだったのかい」

「日光御神領の百姓衆二人が殺されて、鎹山の御紋入りの陣笠も二つ奪われた。千代松とお染さんを手にかけたのも、間違いなく二人組だった。もうひとり、陣笠を隠れ蓑にした野郎はどこへ消えやがったんだ」

「間もなく、ここへ来るだろうよ。そう、慌てることはねえやな。それにしても、おめえがこのおれの命を狙っていたとは気づかなかったぜ」

「だったら、何の魂胆があって矢板まで案内に立ったんでえ」

「おめえを殺すためには違いねえ」

「話が、逆じゃあねえかい」

「おめえが、お染に関わり合いを持っていそうだったからよ。千代松の妹じゃあねえ、桔梗の花が好きなお染だぜ」

「あのお染さんに関わり合いを持つ者を、どうして殺さなくちゃあならねえんだ」

「もう、昔のお染は死んだ。死んだ者は、新しく生まれ返るというじゃあねえかい。そのためにも、おれはお染の昔を知っている者を生かしちゃあおけねえんだ」

「それで、千代松も消したのかい」

「あの野郎は、お染の古傷をネタに強請《ゆすり》に来やがった。だから、ぶち殺してやったんだ」

幸吉、いや薬師堂の民蔵は、陣笠を投げ捨てた。燃えるような目を雑木林のほうへ向けて、民蔵はニッと口許を綻ばせた。新三郎もそっちへ、視線を投げた。着流しの渡世人が十数人、足並を揃えてやって来る。掛け茶屋にいた若い者に言って、民蔵が呼びにやらせた矢板の治兵衛とその身内たちに違いなかった。

「兄貴、すまねえ！」

民蔵が、先頭に立つ四十年輩の男に、そう声をかけた。

「気にすることはねえ。片付けるのは、その野郎かい」

矢板の治兵衛と思われる四十年輩の男が、新三郎に向けて顎をしゃくって見せた。その身内のひとりが、長脇差を宙に投げた。弧を描いて落ちて来た長脇差を、民蔵が片手で受け止めた。

「地獄が、あっしを待っておりやすんで……。邪魔立てすると、容赦は致しやせんぜ」

治兵衛とその身内たちのほうに向き直って、新三郎はゆっくりと腕組みを解いた。事実、急がなければならなかった。いつ致命的な、心臓発作が起るかわからないのである。それまでにはどうしても、薬師堂の民蔵を地獄へ引き連れて行かなければならないのであった。

6

言葉だけでの牽制が通用しない連中であることは、最初からわかっていた。矢板の治兵衛が蛮声を張り上げると、十四、五人の子分たちが半円形に新三郎を押し包んだ。同時に、長脇差を一斉に抜き放った。新三郎は、真宗寺の石段のほうへ退いた。

多人数を相手にするときは、まず背後へ回られないように心掛けることだった。第二にできるだけ狭隘《きょうあい》な場所へ、相手を引き入れるようにしなければならない。第三には、相手より高いところに位置することである。その三つの条件が叶《かな》えば、一度に斬りかかられたり、体当たりで押し倒されたりする心配はなかった。

その意味で、石段を利用するのは得策であった。石段の幅はせまく、両側は杉木立である。しかも、急勾配だった。新三郎の脇をすり抜けて、背後へ回ることは不可能であった。精々三人並べば、石段はいっぱいになる。その上、新三郎のほうが相手を見下ろすという恰好になるのだった。

新三郎は、長脇差を抜いた。石段を十段ほど駆けのぼって、新三郎は振り向いた。三人並んで、石段を上がって来る。新三郎は逆に二、三段駆けおりて、長脇差を水平に振るった。右側のひとりの胴を薙ぎ、真中の男の肩を割る一撃だった。

叫び声を上げ、血を撒《ま》きながら二人の男は頭から石段を滑り落ちて行った。残ったひとりの衿を左手で摑み、新三郎は右手の長脇差を斜めに突き出した。新三郎の目の前で、男が大きく口をあけた。一瞬おいて、その喉の奥から異様な声が迸《ほとばし》り出た。

新三郎は、男の脇腹から背中へ突き抜けた長脇差を引いた。衿を放すと、男はその場に倒れ込んだ。開いた脚を下のほうへ向けているせいか、死骸はそのままで動こうとはしなかった。新三郎は右手に長脇差を提げて、石段の下を見おろした。

今度は四人が、用心深く上がって来た。蒼白な顔で、睨《にら》みつけるように新三郎を見上げている。新三郎の脳裡には、まったく別なことが置かれていた。民蔵はなぜ、死んだお染の過去を知る者を殺さなければならないのか、ということであった。

千代松は、お染の古傷をタネに強請ろうとしたのが原因で、民蔵に殺されたのだった。お染の古傷とは、どんなことなのだろうか。そして千代松は、いったい誰を強請ろうとしたのか。尚更わからないのは、民蔵が新三郎の命まで狙ったということである。

その理由は、ただ新三郎がお染を捜し求めていたからということだけなのだ。なぜ民蔵は、お染を捜されることを嫌うのか。お染は、すでに死んでいる。捜し出される心配も、なかったはずではないか。あるいは、民蔵がお染を殺したのかもしれない。それで、お染のことに触れられるのを、恐れているのではないだろうか。

「野郎！」

ひとりが長脇差を振り回しながら、途方もなく大きな声で怒鳴った。それで新三郎は、現実に引き戻された。新三郎は峰を使って、眼前に迫った二本の長脇差を弾き返した。一本が石段の下へ飛ばされ、もう一本の長脇差は鍔元《つばもと》から折れていた。

新三郎は右と左へ、長脇差を横殴りに振り払った。ひとりが石段の脇の杉の木にぶつかって倒れ、もうひとりは岩でも転がするように落下して行った。あとの二人が恐怖の悲鳴を上げて、石段をおり始めた。新三郎は、そのあとを追った。

途中でその二人を突き落すと、新三郎は一気に石段の下へ飛びおりた。そこには矢板の治兵衛と、五、六人の身内たちが固まっていた。新三郎は足が地面を踏む前に、長脇差を振りおろした。長脇差は治兵衛の顔を、真二つに引き裂いていた。

「わおっ！」

と、吼《ほ》えて治兵衛が、両手を差し上げながらのけぞった。その胸板へ、新三郎は長脇差を突き刺した。長脇差は胸を貫いて、切先が背中から突き出ていた。それを引き抜くと、治兵衛は地上に両膝を突いてから、音を立てて前へのめり込んだ。

治兵衛が絶命したと見たとたんに、子分たちは逃げる体勢をとった。新三郎は、長脇差を左右に走らせて追い散らした。手傷を負った二、三人が、墓場の中へ転がり込んだ。卒塔婆が倒れ、墓石が崩れた。無傷ですんだ七、八人の連中が雑木林のほうへ脱兎の如くに逃げて行った。

新三郎は、間引き地蔵が立ち並ぶあたりへ目を移した。そこには、ひとりだけ残った民蔵が、すくみ上がったように突っ立っていた。土気色の顔で、手にしている長脇差までが震えている。新三郎はそのほうへ、ゆっくりと歩いた。

「おめえと組んで、千代松とお染さんを殺した野郎はどこにいる」

新三郎は、肩で喘《あえ》ぎながら言った。息が乱れるのは当然だが、それだけではなく新三郎はすでにいつもの悪寒に襲われていたのである。

「頼む、見逃してくれ！」

民蔵が、長脇差を足許に捨てた。

「ならねえ」

新三郎は、心の臓を左手で押えた。

「おれたちはこれから、奥州へ向けて旅立つことになっているんだ。どこか知らねえ土地へ行って、ひっそりとした暮らしがしてえんだよ」

「もうひとりは、どこにいるのかって訊いているんだぜ」

「二度と、関八州へは舞い戻って来ねえ。お願《ねげ》えだ、このまま行かせてくれ」

「あとのひとりも、地獄への道連れにしなけりゃあならねえんだ」

「あれが、そうだよ」

民蔵が、雑木林のほうを指さした。新三郎は、背後を振り返った。人影が、道を小走りにやって来る。着物の裾を翻《ひるがえ》して、そこに赤いものをチラチラ見せていた。白い手甲脚絆をつけて草鞋ばきの、道中支度の女であった。新三郎は、近づいて来る女に目を凝《こ》らした。一瞬、新三郎は心の臓の苦しさも、忘れていた。

紛れもなく、六年間捜し続けて来たあのお染だったのである。もちろん、年はとっている。だが、六年前と顔はあまり変わっていなかった。可憐さは消えて、どことなく気が強くて勇み肌の女を感じさせるという違いはあった。

「何だい、お前さんは……」

向かい合って立つと、お染は新三郎をジロジロと眺め回した。敵意に満ちた目であり、口のきき方も伝法であった。この六年間の苦労の結果として、仕方がないことなのだろう。それにお染は、新三郎を面識のない相手として扱っていた。

当然であった。六年ほど前に、一度すれ違ったことがある。そんな程度の、面識しかないのだ。新三郎のほうは六年間、意識し続けて来たから忘れはしない。だが、お染はそうではなかった。しかも、その後何千人という男と、接して来たのだった。新三郎を憶えているほうが、おかしかった。

「生きていなすったんですかい」

新三郎は、まだ信じきれないような気持でそう言った。

「生きていちゃあ、悪いとでもいうのかい」

お染は、反抗的に肩を聳《そび》やかした。

「そういうわけじゃあござんせん。ただ民蔵から、お染さんは亡くなった、きっと生まれ変わることだろうと聞かされておりやしたもんで……」

「そのことかい。ああ、昔のお染は確かに死んでるよ。いまのわたしは、新しく生まれ変わったお染さ。民さんと知り合ったその日から、わたしはそうなったんだよ」

「すると、民蔵と奥州へ旅立つってのは、お染さんのことなんですかい」

「ほかに、誰がいるんだね。それにさ、お前さんはいったい何なんだよ」

「へい、昔、お染さんにお世話になりやした者で……」

「そうかね。何があったか、昔のことは何もかも忘れちまったよ」

「それから六年、拝借したものをお返ししようと、お染さんを捜し求めて流れ歩いて参りやした」

「六年もかい……！」

「へい」

「わたしから何を借りたのか、知らないけどさ。お前さん、余程気の長い人なんだね。そうでなけりゃあ、どうかしているんじゃないのかい」

お染は、鼻の先で笑った。新三郎の顔から、表情が消えた。急に冷たくなった目が、お染のかかえている陣笠へ注がれた。鎹山の紋がはいった陣笠であった。

「お染さん……」

新三郎は、顔を伏せた。

「何だよ。民さんとわたしを、この場で殺すとでもいうのかい！」

お染の声が、甲高くなった。

「あっしは、この民蔵の命をもらい受けに参りやしたんで……。治兵衛や身内衆を斬ったのも、そのためなんでござんすよ」

「とんでもない話だよ！」

「そうですかい」

「いま、お前さんはわたしに、借りがあるって言っただろ。だったら、わたしたちに手出しはできないはずだよ！」

「そういうことになりやすかねえ」

「そうさ。わかったら、さっさとお行きよ！」

「そのめえに、一つだけお尋ねしてえことがありやして……」

「何だよ」

「おめえさん、その陣笠をかぶり日光御神領の百姓になりすまして、関所を通り抜けて来なすったんですかい」

「そうさ。男衆に、化けてやってね」

「杉戸宿の近くで、民蔵が二人の日光御神領の百姓衆を殺したときも、おめえさんは一緒だったんで……？」

「あのうちのひとりは、このわたしが刺したんだよ」

「すると、杉戸の千代松とその妹を殺したとき、民蔵と一緒だったのもおめえさんなんでござんすね」

「だったら、どうだっていうんだい」

「返答しておくんなさい」

「そうだって、わかっているんだろ！」

「千代松の妹に、手をかけたのは……？」

「ああ、わたしも一突きしたさ。あの娘の止めを、刺してやったんだよ。ありゃあ、千代松ってのが悪いんだ。二年前の人殺しなんかを持ち出しやがって、わたしを脅しにかかったりするからさ」

「二年めえに、おめえさんが誰かを殺したんですかい」

「枕探しをやったら、気づいた男が騒ぎ立てようとしたんでね」

「なるほどねえ」

吐息を洩らしながら、新三郎は目を横へ走らせた。夕日に赤々と照らし出された墓場に、民蔵の影が大きく映っている。その影が、捨てた長脇差を拾い上げた。新三郎の背後で、影は長脇差を振りかぶった。その一瞬に新三郎は、長脇差を逆手に持ち変えた。振り向かなかった。左手を、柄頭《つかがしら》に添えた。新三郎は長脇差を、後ろへ激しく突き出した。ズーンと長脇差が、民蔵の腹に埋まった。民蔵の影が、動きをとめた。新三郎の長脇差の影と、十字に交差していた。新三郎は、長脇差を抜き取った。

民蔵は声もなく、朽ち木を倒すように地上へ沈んだ。お染が、喉が張り裂けそうな叫び声を上げた。お染は、民蔵のところへ駆け寄った。民蔵に縋りつき、抱き起こし、頬を叩きながら、お染は半狂乱になって名前を呼び続けた。

「民さん、死んじゃいやだよ。死なないでおくれ！　わたしが生まれて初めて、心底惚れた人なんじゃないか。民さん、いまになってお前に死なれちまったら、この先わたしはどうなるんだよ！　もう、わたしは民さんなしでは、生きて行けないんだ！　昔みたいな生き方は、二度としたくないんだよ。民さん、目をあけておくれ。二人で知らない土地へ行って、ひっそりとした暮らしをしようって……。ねえ、死んじまったら、どこへも行けないんだよ。民さん。何か言っておくれな。何か……」

お染は民蔵を抱きかかえたまま、声を張り上げて号泣した。民蔵は、何の反応も示さなかった。息絶えているのである。新三郎は虚ろな目で、豪華に染まった夕焼け空に見入っていた。新三郎は、時間の経過を忘れていた。気がつくと、いつの間にかお染の泣き声はやんでいた。

お染は、立ち上がっていた。両手で、民蔵の長脇差を握っている。その涙に濡れた顔が、凄まじいほどの憎悪と怒りに燃え盛っていた。眼差しも、常人のものとは思えなかった。

「畜生！」

歯を嚙み鳴らして、お染が突っかかって来た。新三郎は、長脇差を右手に提げたままだった。一直線に迫って来るお染を、避けようともしなかった。諸手突きの長脇差を、払いのけることもしなかった。お染が、身体ごとぶつかって来た。

焼け火箸を突き刺されたような激痛が、新三郎の心の臓のすぐ下から斜め上へと貫いた。新三郎は両足を踏ん張ると、むしろ上体を前へ押し出すようにした。返り血を浴びて、お染の顔が赤い水に漬けたようになっていた。新三郎は長脇差を突き刺したまま、一旦尻餅を突き、それから仰向けに倒れた。

「放っておいても長くはねえ身体、お蔭で楽になれやすぜ」

新三郎は、空に向かってそう呟きかけた。お染の姿が、すでに霞んで見えていた。

「おめえさんとは会わずじまいで終わったほうが、よかったような気が致しやす。人の世とは、そんなものかもしれやせん」

新三郎は小判二枚と平打ちの銀簪を左手に握っていることを、お染に告げようとはしなかった。新三郎は目を閉じる寸前に、青紫色の花を見た。桔梗の花だ、と思った。小仏の新三郎の死に顔は、微かに笑っているようだった。

文庫版のためのあとがき

笹沢左保

股旅小説には街道、宿場、峠などが付きものであって、ぼくの場合は特にそういった場所を具体的に描くよう努めている。そのことについて読者から最も多く受ける質問に『現地や街道を実際に歩いてみるのか』というのがある。

その答えは、これまでただの一度も行ったことがない——である。その理由は、当時の街道はそのまま残っていないし、むしろ作者のイメージが損なわれるくらいに、近代化された景色に変わっているから、ということになる。

股旅小説に描かれる情景描写は、すべて想像によるものである。当時の街道、宿場、地形、峠の上り下りなどについては、詳細な記録が残っている。それと現代の地図を見比べながら、山、川、渓谷、丘陵、平野の位置を確認すれば、もうそこには江戸後期の街道筋がくっきりと浮かび上がるのだ。

あとは当時の風俗に従って、宿場や旅人の日常を雰囲気として描写すればいい。まるで、その時代のその場所にぼくがいるみたいに、想像は無限にふくらむし、あたりの光景が鮮やかに浮かんでくる。

——藤沢の中心部をすぎると、左側に赤銅の大きな鳥居が見える。その鳥居をくぐり、南へ道がのびている。江ノ島道であった。その先の四ツ谷から北へそれているのが、相州大山道なのである。黄色い絨毯を敷きつめたような菜の花畑が、街道の両側に広がっている。

——山が近くなった。丹沢山地である。絵に描いたように形の整った大山の容姿が、最も目立っていた。次第に、小高い丘陵が多くなる。それだけ田畑が、少なくなるわけであった。道は丘陵の間を、縫うようにして続いている。思い出したように、点在する人家が目に触れる。鄙びた風景だった。

想像の産物には違いないが、こうした描写はそれなりの根拠に基いて作られたぼくの頭の中の地図と絵を、写し取っているわけである。おそらく当時の風景に、似通っているだろう。そう思うからこそ、書いているぼくのほうも楽しいのだ。

股旅小説を書いていると、ぼくもいつの間にか主人公と一緒に旅を続けることになる。あの峠を越えたらその向こうに何があるか、急がないと日が暮れてしまう、こうした旅とはまったく孤独なものだ、などとぼくも主人公と同じことを考えている。
同時代の捕物帳を書いていて突然、江戸を離れたいという気持ちになることが多い。それは江戸だけを世界としている捕物帳の主人公ではなくて、書いているぼくの願望なのである。想像だけでも江戸時代に旅をするという魅力に、ぼくは取り憑かれているのかもしれない。股旅小説の楽しさのひとつは、読者も作者も主人公とともに旅をするということだろう。

（文春文庫版より再録）

本作品中に差別的ともとられかねない表現が見られますが、著者がすでに故人であることと作品の文学性・芸術性に鑑み、原文のままとしました。

（春陽堂書店編集部）

『地獄を嗤う日光路』覚え書き

初　出　「オール讀物」（文藝春秋）
　背を陽に向けた房州路　昭和47年1月号
　月夜に吼えた遠州路　昭和47年2月号
　飛んで火に入る相州路　昭和47年5月号
　地獄を嗤う日光路　昭和47年8月号

初刊本　文藝春秋　昭和47年8月

再刊本　文藝春秋（文春文庫）　昭和57年4月
　地獄街道　月夜に待つ女　祥伝社（ノン・ポシェット）　平成2年7月

（編集協力・日下三蔵）

春陽文庫

地獄《じごく》を嗤《わら》う日光路《にっこうじ》

2024年7月25日　初版第1刷　発行

著者　笹沢左保

発行者　伊藤良則

発行所　株式会社　春陽堂書店
〒一〇四―〇〇六一
東京都中央区銀座三―一〇―九
KEC銀座ビル
電話〇三（六二六四）〇八五五（代）

印刷・製本　中央精版印刷株式会社

乱丁本・落丁本はお取替えいたします。

本書のご感想は、contact@shunyodo.co.jp にお願いいたします。

定価はカバーに明記してあります。

ISBN978-4-394-90490-8　C0193